À PROPOS DE
UNE MORT EN ANGLETERRE

1986 — PRIX ARTHUR-ELLIS

« MONSIEUR WRIGHT A DÉPLACÉ SON POLICIER
TORONTOIS EN ANGLETERRE OÙ, ÉVIDEMMENT,
SALTER EST PLONGÉ DANS UNE AFFAIRE DE MEURTRE.
L'INTRIGUE EST ASSEZ BIEN SENTIE, MAIS LE RÉEL
PLAISIR RÉSIDE DANS L'AFFRONTEMENT ENTRE
SALTER ET LES COUTUMES ANGLAISES, LE CLIMAT
DU PAYS ET LES AUBERGES PROVINCIALES,
TOUT CELA DÉCRIT AVEC UN MANQUE DE RESPECT
EXTRÊMEMENT RÉJOUISSANT. »
Atlantic Monthly

« AUTANT IL S'AGIT D'UNE HISTOIRE DE DÉTECTIVE,
AUTANT IL S'AGIT D'UNE ÉTUDE SUR DEUX TRÈS
ATTACHANTES PERSONNES QUI S'APPRÉCIENT
ÉNORMÉMENT, MÊME SI ELLES S'APERÇOIVENT QUE
LEURS INTÉRÊTS DIVERGENT CONSIDÉRABLEMENT...
UNE MORT EN ANGLETERRE SE PRÉSENTE AUSSI
COMME UN GUIDE PLUTÔT DÉSOPILANT SUR CE SUR
QUOI LES VISITEURS RISQUENT DE TOMBER DE NOS
JOURS EN GRANDE-BRETAGNE. »
The Globe and Mail

« *UNE MORT EN ANGLETERRE* EST UN ROMAN POUR
L'AMATEUR DE POLAR – VOIRE LE PURISTE –, UN
CASSE-TÊTE DANS LEQUEL WRIGHT PARSÈME SES
INDICES SUR LE CHEMIN MENANT VERS LA SOLUTION.
LE RYTHME EST RAPIDE, LES INDICES SUBTILS,
LE TRAVAIL FORT BIEN FAIT... »
Quill & Quire

UNE MORT EN ANGLETERRE

DU MÊME AUTEUR

Série Charlie Salter

1. *The Night the Gods Smiled*, HarperCollins, 1983.
   La Nuit de toutes les chances. Roman.
      Lévis ; Alire, Romans 074, 2004.
2. *Smoke Detector*, HarperCollins, 1984.
   Une odeur de fumée. Roman.
      Lévis : Alire, Romans 079, 2004.
3. *Death in the Old Country*, HarperCollins, 1985.
   Une mort en Angleterre. Roman.
      Lévis : Alire, Romans 083, 2005.
4. *A Single Death*, HarperCollins, 1986.
   Mort d'une femme seule. Roman.
      Lévis : Alire. (Automne 2005)
5. *A Body Surrounded by Water*, HarperCollins, 1987.
      Lévis : Alire. (Printemps 2006)
6. *A Question of Murder*, HarperCollins, 1988.
7. *A Sensitive Case*, Doubleday, 1990.
8. *Final Cut*, Doubleday, 1991.
9. *A Fine Italian Hand*, Doubleday, 1992.
10. *Death By Degrees*, Doubleday, 1993.
11. *The Last Hand*, Dundurn Press, 2001.

UNE MORT EN ANGLETERRE

ERIC WRIGHT

traduit de l'anglais
par
ISABELLE COLLOMBAT

ALIRE

Illustration de couverture
LAURINE SPEHNER

Photographie
ERIC WRIGHT

Diffusion et distribution pour le Canada
Québec Livres
2185, autoroute des Laurentides, Laval (Québec) H7S 1Z6
Tél.: 450-687-1210   Fax: 450-687-1331

Diffusion et distribution pour la France
DNM (Distribution du Nouveau Monde)
30, rue Gay Lussac, 75005 Paris
Tél.: 01.43.54.49.02   Fax: 01.43.54.39.15
Courriel: liquebec@noos.fr

Pour toute information supplémentaire
LES ÉDITIONS ALIRE INC.
C. P. 67, Succ. B, Québec (Qc) Canada G1K 7A1
Tél.: 418-835-4441   Fax: 418-838-4443
Courriel: alire@alire.com
Internet: www.alire.com

Les Éditions Alire inc. bénéficient des programmes d'aide à l'édition de la
Société de développement des entreprises culturelles du Québec (SODEC),
du Conseil des Arts du Canada (CAC) et reconnaissent l'aide financière du
gouvernement du Canada par l'entremise du Programme d'aide au développement de l'industrie de l'édition (PADIÉ) pour leurs activités d'édition.

Gouvernement du Québec – Programme de crédit d'impôt pour l'édition
de livres – Gestion Sodec.

Death in the Old Country
© **1985** ERIC WRIGHT

Dépôt légal: 1er trimestre 2005
Bibliothèque nationale du Québec
Bibliothèque nationale du Canada

© **2005** ÉDITIONS ALIRE INC. pour la traduction française

10   9   8   7   6   5   4   3e MILLE

TABLE DES MATIÈRES

PREMIÈRE PARTIE
La vie sur le Vieux Continent   1

DEUXIÈME PARTIE
Mort à Tokesbury Mallett   69

TROISIÈME PARTIE
Intermède à Florence   145

QUATRIÈME PARTIE
La dernière haie   177

PREMIÈRE PARTIE

LA VIE SUR LE VIEUX CONTINENT

À trois heures, par une après-midi pluvieuse du début du mois de mai, Charlie Salter conduisait dans l'intense circulation à deux sens sur une étroite route de campagne ; il se tenait loin de la voiture qui était devant lui, heureux que, pour une fois, les conditions fussent si mauvaises que personne ne tentât de le doubler tandis qu'il était en tête d'une file d'autos qui traversait le milieu de l'Angleterre à une vitesse sécuritaire. Il s'amusait bien, ravi de sa minuscule voiture de location, et le fait de rouler du mauvais côté de la route ne le gênait presque plus. À ses côtés, Annie, sa femme, lisait un guide routier.

Il leur faudrait bientôt choisir un endroit pour passer la nuit ; c'était un problème qui risquait de provoquer suffisamment de tension entre eux pour que les effets s'en fissent ressentir tard dans la soirée, surtout si le dîner était mauvais. Les Salter étaient Canadiens, habitués à voyager sur un continent de motels standardisés dotés de restaurants servant des menus standardisés de l'aube à l'aurore. Ils avaient découvert qu'en Angleterre, il était possible de se retrouver à cinq heures de l'après-midi dans un village dont le salon de thé était fermé et l'auberge complète. Les gens de ce pays ne sortaient pas de chez eux sans un échange préalable de courrier garantissant la réservation de leur hébergement des mois à l'avance. Plusieurs fois, déjà, ils s'étaient fait un sang d'encre rien qu'à essayer de deviner s'il ne pourrait pas y avoir un endroit plus accueillant « juste après le prochain virage » tandis qu'ils dépassaient l'enseigne « *Bed and Breakfast* » accrochée sur ce qui ressemblait aux Hauts de Hurlevent, alors qu'ils recherchaient une auberge aux fenêtres à meneaux, un feu crépitant dans l'âtre et un aubergiste jovial qui attendait ses hôtes trempés et fatigués avec une tasse de vin chaud.

L'instinct d'Annie la poussait toujours à s'arrêter, sauf s'ils avaient eu une mauvaise expérience la nuit précédente ; elle était alors résolument en quête de confort, déterminée à jeter son dévolu si nécessaire sur un hôtel cinq étoiles à deux cent cinquante livres la nuit. Salter, lui, avait tendance à continuer de rouler « jusqu'à la prochaine ville », jusqu'à ce qu'ils trouvent un endroit rien moins que parfait. Ils poursuivaient ainsi leur route (car c'était généralement lui qui conduisait), leur irritation grandissant de pair avec leur inquiétude. Si d'aventure, après une heure d'errance, ils tombaient par hasard sur une bonne adresse, leur soulagement était tel qu'ils s'en attribuaient mutuellement la découverte. Et si, de désespoir, ils s'arrêtaient dans un taudis, le mieux qu'ils pouvaient faire, c'était de se témoigner une politesse affectée, chacun s'efforçant de surmonter avec altruisme le désir d'incriminer l'autre.

Mais il leur restait encore une heure avant d'en arriver là, aussi Salter se laissa-t-il aller à méditer gaiement sur la pluie : combien de mots les Anglais avaient-ils pour ça, déjà ? « Crachin », « bruine », « quelques gouttes », « saucée », pour n'en citer que quelques-uns. Et ils désignaient chacun un type de pluie particulier. Salter était accoutumé à la pluie, la vraie pluie, celle qui avait été prévue par la météo, qui avait un début et une fin et vous laissait ensuite tranquille pendant quelques semaines. Mais en Angleterre, la pluie ne tombait pas ; elle était comme suspendue dans les airs. Elle enveloppait tout et trempait tout le monde jusqu'aux os.

La route s'incurva vers la gauche, suivant le tracé d'un haut mur de pierres qui protégeait quelque château local du regard des touristes en voitures de location. Tandis qu'ils se traînaient dans leur petit habitacle hermétique, rêvassant pendant que le monde stationnaire faisait un somme, la route se redressa ; Salter entendit d'abord les cris d'une femme puis vit, dans la brume, une moto équipée d'un side-car venir vers lui ; le véhicule roulait du mauvais côté de la route et semblait hors de contrôle. La femme était sur la selle arrière et le pilote, une petite silhouette voûtée vêtue d'un pardessus noir et coiffée d'un casque vert, s'efforçait de braquer pour que la moto cesse son dérapage. Salter eut tout le temps de se ranger le plus près possible du mur et de s'arrêter avant que le side-car ne vienne s'écraser contre son auto dans un fracas de bois.

Salter défit sa ceinture de sécurité et sortit sous la pluie tandis que le motocycliste se dégageait. Progressivement, les cris de la femme diminuèrent quand elle se rendit compte qu'elle était vivante, puis elle sombra dans le silence. Trois petits garçons s'extirpèrent de la carcasse du side-car, un engin bricolé maison à l'aide de contreplaqué et de bouts de bois, et tout ce petit monde se tâta en quête de blessures éventuelles. Personne ne semblait blessé; Salter et le motocycliste se mirent donc en posture de combat.

Une femme dont la tête était recouverte d'un manteau accourut vers eux à travers les champs sur la droite:

—J'avions tout vu! hurlait-elle en courant. J'avions tout vu! J'ai déjà prév'nu la police et les ambulatoires.

Elle arriva essoufflée à la voiture, puis répéta son message. Salter interrompit sa discussion avec le motocycliste qui, dans sa tentative d'établir sa ligne de défense, secouait la tête en répétant:

—Vous rouliez à toute allure, non? À toute allure, hein?

La circulation était suspendue sur une bonne distance dans les deux sens; Salter s'approcha du chauffeur de la voiture qui était derrière lui.

—Avez-vous vu ce qui s'est passé? lui demanda-t-il.

Salter avait eu la voiture en question dans son rétroviseur pendant les huit derniers kilomètres.

—Non, pas très bien, répondit l'homme. Je veux dire, pas avec certitude.

—Oh, mais bien sûr que tu as tout vu, voyons, Les! s'exclama sa femme. Enfin, tu ne peux pas le nier. Tu as tout vu! Ce n'était pas la faute de ce monsieur. Voyons, tu as bien vu, non?

—Oh, bon sang! s'écria l'homme. D'accord. Voici mes coordonnées. Mais je ne pourrai pas venir témoigner en personne. Je suis en vacances.

—Quoi qu'il en soit, tu as bien vu ce qui s'est passé, répliqua sa femme.

Salter regarda alentour en quête d'autres témoins, mais les autres automobilistes étaient retournés dans leurs voitures et évitaient son regard.

Deux agents de police apparurent : l'un était brun, soigné et moustachu, et l'autre, blond et glabre.

Ils s'affairèrent rapidement à démêler la situation. L'accident était tout ce qu'il y avait de plus simple – la moto avait tenté de dépasser une file de voitures dans un virage sans visibilité – et Salter constata que les policiers délaissèrent rapidement la question de la responsabilité pour se demander s'il fallait porter une accusation contre le motocycliste. Il était temps de faire jouer son grade. Il s'approcha de l'agent brun, lui montra une deuxième pièce d'identité et lui fit comprendre que, dans la mesure où le motocycliste était bel et bien en tort, il s'agissait réellement d'un accident.

— Par ailleurs, ajouta-t-il, je suis en vacances.

L'agent appela son collègue et lui montra la pièce d'identité de Salter.

— Ah ! fit le collègue. Dans ce cas, on aura vite fait de démêler tout ça, n'est-ce pas, inspecteur ?

Le motocycliste se tourna vers sa femme :

— C'est un maudit flic, grogna-t-il. C'est bien notre chance.

Annie, qui se tenait près de l'auto à l'abri d'un parapluie, apparut près d'eux.

— Que se passe-t-il, Charlie ? s'enquit-elle. Ces pauvres gens sont trempés.

Elle se dirigea vers la femme et les enfants du motocycliste, qui se serraient les uns contre les autres à côté de ce qui restait du side-car.

— Allez vous installer dans notre voiture pendant qu'ils arrangent tout ça, dit-elle à la femme. Vous et les enfants, au moins.

—Oh non ! Nous allons inonder votre voiture ! protesta la femme.

—C'est déjà fait. Je vous en prie, allez-y, insista Annie.

—Eh bien, dans ce cas, d'accord. Si vous êtes sûre que votre mari n'y verra aucun inconvénient…, dit la femme.

Ses trois fils et elle se glissèrent à l'arrière de l'auto. Deux dépanneuses arrivèrent sur les lieux. Tout le groupe fut transporté vers un garage situé dans la ville voisine, où fut servi du thé chaud pendant qu'on évaluait les dégâts. Pour un accrochage aussi bénin, les dommages se révélèrent considérables.

—Je pense que votre châssis s'est faussé, annonça le propriétaire du garage. Ça nous prendra deux semaines. Facile.

Heureux d'avoir payé deux livres de plus par jour pour être assuré au maximum, Salter demanda à l'agence de location de lui livrer une autre voiture le lendemain.

Il s'adressa aux deux policiers :

—Bon. Il nous faut un endroit où loger. Vous avez des suggestions ?

—On devrait peut-être aller au poste, proposa l'agent brun. Je suis sûr que mon inspecteur serait ravi de vous rencontrer, et il pourra sans doute vous indiquer les meilleures adresses.

—Parfait, fit Salter. Et eux ?

Il désigna le motocycliste et sa famille, assis en rangée sur un banc, le long du mur, qui tenaient tous un sac de croustilles à la main.

—On va s'occuper d'eux, lui assura l'agent. Ils sont de Londres. Ils devront continuer en train, mais il n'y en a pas avant sept heures. Bien entendu, ils n'ont pas d'argent, mais on va faire ce qu'on peut pour eux.

— Au fait, où sommes-nous ? demanda Salter. Dans quelle ville, je veux dire ?

— Tokesbury Mallett, monsieur, répondit l'agent d'un air surpris. Bon, si votre femme et vous voulez bien me suivre… ah oui, les bagages… c'est d'accord, alors. On s'en va. À tantôt, Robbo, lança-t-il à l'agent blond qui remplissait des formulaires avec le garagiste.

Tokesbury Mallett était entièrement bâtie avec les pierres jaunes de la région ; les bâtisses de la grand-rue devaient avoir au moins cinq cents ans. L'entrée du poste de police se trouvait au bout d'une rangée de boutiques ; on y accédait par un passage voûté qui donnait dans l'allée pavée d'une grande auberge. À part la discrète lampe bleue au-dessus de la porte, rien ne distinguait l'édifice de ses vénérables voisines. L'agent les fit entrer et les présenta à un sergent assis derrière un comptoir ; le sergent serra la main de Salter et, d'un signe de tête, ordonna à l'agent de les emmener dans un bureau qui donnait sur la rue principale. Là, assis à un bureau, un homme mince, aux cheveux plaqués, vêtu d'un costume de tweed dont la poche de poitrine était ornée d'une pochette, était en train d'écrire.

Une forte odeur d'encaustique se dégageait de la pièce. Sur un mur, une carte d'état-major de la région était hérissée de petits drapeaux et d'épingles de couleur, à la manière d'un champ de bataille. À côté, se trouvait une feuille de papier millimétré sur laquelle un graphique semblait inachevé. Il était trop loin pour que Salter pût lire ce qu'il représentait :

la pluviométrie ? Derrière le bureau, sur un panneau, trônait une sorte de tableau de service soigneusement dessiné en trois couleurs. Le bureau parfaitement astiqué arborait une écritoire portant deux petites bouteilles d'encre en cristal – rouge et vert –, deux corbeilles – « arrivée » et « départ » – et un sous-main de cuir dont les bords étaient rehaussés d'or.

— Je vous présente l'inspecteur Churcher, monsieur, annonça l'agent. Et voici l'inspecteur Salter, de la police de Toronto, monsieur. Au Canada, monsieur. Il s'est trouvé impliqué dans une collision frontale sur la route d'Oxford. Pas de blessés. C'est l'autre usager qui est responsable.

— Et voici sa femme, je présume, ajouta Churcher, qui se leva pour serrer la main de Salter et adresser un sourire à Annie. Je vous en prie, asseyez-vous.

Avant de s'asseoir, il attendit qu'Annie fût en contact avec sa chaise.

— C'est un peu crasseux, ici, j'en ai bien peur. C'est un lieu de travail. C'est fâcheux, ce genre d'accident, pendant des vacances, mais je suis heureux que cela me donne l'occasion de faire la connaissance d'un collègue des colonies. De quelle manière peut-on compenser votre désagrément ? Une tasse de thé ?

— Non, merci. Dites-nous simplement où trouver un lit, répondit Salter. Et où nous pourrons aller manger, plus tard.

— Eh bien, je suis nouveau dans le coin, mais nous avons un deux-étoiles, le Swan. Il y a aussi le Jolly Alderman. Et une foule d'établissements plus modestes. Attendez une minute. Sergent ! appela-t-il par la porte ouverte. Venez nous rejoindre un moment. Le sergent Robey est de la région, expliqua-t-il à

Salter. Ah, sergent. Je vous présente l'inspecteur Salter, un collègue du Commonwealth, et sa femme.

Il adressa un regard vif au sergent, puis à Salter, puis de nouveau au sergent.

— J'aimerais un endroit sec et chaud avec un lit décent et des tonnes d'eau chaude, fit Salter.

— Et sans restrictions quant à l'usage de la salle de bains, renchérit Annie, qui commençait à claquer des dents. Ça nous est égal qu'il n'y ait pas de télévision et nous avons apporté notre whisky, alors ce n'est pas nécessaire qu'il ait une licence, mais ce serait merveilleux si on pouvait aussi y manger, car ça nous éviterait de sortir encore sous cette pluie…

— C'est Boomewood qu'il vous faut, m'dame, intervint le sergent.

— Oh ! Certainement pas, sergent, protesta Churcher. Il n'est pas classé, si je ne m'abuse ? Je ne pense vraiment pas que cela soit convenable.

Il sourit à l'intention de Salter et d'Annie.

— Binks, le patron du Swan, roule tout le monde, surtout les étrangers, répliqua le sergent. Et même mon chien ne voudrait pas de la bouffe du Jolly Alderman. (Il se tourna vers Salter.) Des boulettes de viande et des petits pois congelés. Et du riz au lait en boîte pour finir.

Bien qu'il ne fût pas sûr d'avoir correctement entendu, Salter se sentit néanmoins en de très bonnes mains.

— Alors, ce sera le Boomewood, décida-t-il. À votre connaissance, inspecteur, y a-t-il quelque chose qui cloche dans cet établissement ? demanda-t-il poliment.

Churcher, irrité de la connivence qui s'était créée entre son sergent et Salter, haussa les épaules.

— Je ne veux pas vous décourager, lâcha-t-il, mais je pense qu'on devrait vous prévenir, n'est-ce pas, sergent ?

— Je m'apprêtais à le faire, monsieur. (Le sergent se tourna de nouveau vers les Salter.) On nous y a rapporté la présence d'un rôdeur. Une dame des Indes qui y a séjourné quelques jours s'est plainte que quelqu'un l'avait réveillée dans la nuit. Le rôdeur était en train de lui chatouiller les pieds en disant «Allez, debout !». Elle s'est assise sur son lit et il a déguerpi. Elle n'a pas crié ni rien. Elle a gardé son sang-froid. C'est qu'elle partageait sa chambre avec sa fille, vous voyez. Elles prenaient quelques jours de vacances avant que la fille n'entre au collège, et la dame ne voulait pas inquiéter celle-ci. Mais elle est allée tout dire au propriétaire. Le lendemain, elle est venue nous voir parce qu'elle pensait qu'il ne l'avait pas prise au sérieux. Nous avons bien sûr enquêté, mais c'était une perte de temps. À mon avis, un couple de clients devait se retrouver pour un petit câlin – excusez-moi, madame – et le gars s'était trompé de chambre. Vous voyez ce que je veux dire ? Mais c'est un chouette endroit et, dans le coin, on dit que la bouffe y est bonne, si on aime la cuisine italienne. C'est mon cas, ajouta-t-il.

— Oh, Seigneur, Charlie ! s'exclama Annie. Allons-y.

— Entendu, alors, intervint Churcher qui s'efforçait de reprendre la direction des opérations. Et si quelqu'un vous agrippe les chevilles pendant la nuit et que ce n'est pas votre femme, je veux dire, ne le lâchez pas jusqu'à ce qu'on arrive, d'accord ? (Il rit pour montrer qu'il plaisantait.) Je vais demander à Potter de vous y conduire.

—Je m'en charge, monsieur, proposa le sergent Robey. Je viens de terminer mon service.

—Entendu, alors, répéta Churcher.

Il serra la main de Salter.

—Venez me voir demain matin avant de partir. Je serai ravi de bavarder un peu avec un collègue du Nouveau Monde. Allez, sergent, emmenez cette pauvre dame et trouvez-lui un bon bain bien chaud. Je vais appeler à Boomewood pour annoncer votre arrivée.

—Auriez-vous l'obligeance de ne pas mentionner que je suis un de vos collègues ? Du Nouveau Monde… Ça rend les gens nerveux. Je dis généralement que je suis superviseur de l'entretien à la Commission des transports de Toronto.

Churcher se mit à rire :

—C'est votre couverture, hein ? Entendu, alors. Motus et bouche cousue.

Et voilà le travail ! pensa Salter. *Haut les cœurs, et tchao !*

—Merci, dit-il.

Dans la voiture, le sergent s'expliqua :

—Je suis intervenu parce que l'inspecteur est un peu nouveau dans le coin, monsieur. Il ne sait pas à quel point le Swan est un trou à rats. Bon. (Il tourna à un coin de rue et arrêta la voiture en laissant le moteur tourner.) S'il cesse de pleuvoir et que vous avez envie de marcher un peu, voilà le meilleur pub en ville. (Il désigna une enseigne qui surmontait une porte, de l'autre côté de la rue : l'Eagle and Child. Seule une fenêtre éclairée, comme dans un cottage, attestait une présence.) C'est chaleureux, confortable et, en plus, la bière est bonne.

—Sergent, l'interpella Annie depuis la banquette arrière, le Boomewood est encore loin ?

— Huit cents mètres, m'dame. (Il se retourna et se rendit compte qu'elle était pâle et avait les traits tirés.) Désolé, m'dame, dit-il. Vous avez froid. On y sera en un clin d'œil !

Il tourna à droite, emprunta une rue bordée de boutiques, traversa un carrefour puis s'arrêta devant une rangée d'imposantes maisons mitoyennes dont les fenêtres et les portes carrées donnaient directement sur le trottoir. *Autrefois, ce sont des dandys emperruqués qui vivaient là*, songea Salter. La plupart de ces résidences avaient été investies par des commissaires-priseurs et des experts-géomètres, mais sur la façade de l'une d'entre elles, une plaque discrète annonçait : «Boomewood – Hôtel privé».

— Que signifie «privé» ? s'enquit Salter.

— Cela veut dire qu'ils n'ont pas de bar ouvert au public, répondit le sergent. Ils ont toutefois des boissons pour leurs clients et ils servent du vin au restaurant.

Il les aida à porter leurs bagages jusque dans le couloir étroit où ils furent accueillis par une femme grassouillette qui, de toute évidence, n'était pas Anglaise – bien que Salter se demandât pourquoi il le pensait. Elle avait une bonne trentaine d'années, le teint foncé et lisse, des cheveux châtains tirés en arrière et attachés, une robe de laine sombre et un cardigan sur les épaules ainsi que des souliers élégants et quasi inexistants qui lui faisaient de jolis pieds et n'avaient rien de confortable ni de pratique. Salter détermina que c'étaient ses chaussures qui la trahissaient.

— Bonjour, sergent, dit-elle en lui touchant le bras. Pas de problèmes à vous signaler aujourd'hui.

Elle rit comme si elle venait de faire un bon mot. Elle avait un accent italien.

Robey avait l'air content de lui.

—Je vous présente monsieur et madame Salter, dit-il. L'inspecteur vous a bien téléphoné, je suppose, madame Dillon ?

Elle acquiesça et sourit.

—Nous vous attendions, fit-elle. Chambre double avec salle de bains.

Elle s'avança, passa le bras autour des épaules d'Annie et plaça cette dernière au centre du groupe.

—Si vous voulez bien signer le registre, monsieur Salter, je vais montrer la chambre à votre femme, annonça-t-elle en emmenant Annie dans l'escalier.

– Bon, eh bien, je vais y aller, monsieur, déclara le sergent. Vous venez nous voir demain, n'est-ce pas ? L'inspecteur apprécierait votre visite. Il adore échanger des idées.

Le visage du sergent était dénué d'expression.

—Vous savez, je ne suis qu'un profane, lui rappela clairement Salter. Mais je serais ravi de lui dire en quelle haute estime je tiens ses policiers.

—C'est cela, monsieur. C'est le genre de choses qu'il aime entendre.

Et voilà qu'en quelques inflexions à peine, le sergent venait de confirmer l'impression qu'avait eue Salter : l'inspecteur Churcher n'était pas seulement nouveau dans la région, il était en outre zélé, peu sûr de lui, voire un tantinet stupide. *Pauvre gars*, se dit Salter.

—Par ici, je vous prie, l'appela madame Dillon.

Salter reprenait espoir à mesure qu'il grimpait l'escalier ; sur le mur, s'alignaient des photographies anciennes de paysages étrangers ensoleillés.

Il fut tout à fait rassuré lorsqu'il vit la chambre : un grand lit qui avait l'air solide, deux fauteuils, une fenêtre donnant sur les collines baignées par la pluie et des radiateurs qui fonctionnaient à merveille. La salle de bains était chauffée, elle aussi, et elle possédait une baignoire géante, une douche, un miroir à raser et au moins six – il les compta – oui, six épaisses serviettes de toilette. Test ultime : Salter alluma l'une des lampes de chevet et il obtint une lumière suffisante pour lire. Ils n'auraient pas besoin de l'ampoule de cent watts qu'ils avaient emportée avec eux sur les conseils d'un ami qui connaissait bien les hôtels anglais.

—Ça fera l'affaire, dit-il à la femme, qui attendait.

—C'est notre meilleure *camera matrimoniale*, déclara-t-elle.

— Votre quoi ?

— Chambre double.

Elle sourit et les laissa.

◆

Salter ôta ses chaussures et s'assit sur le lit pour l'essayer.

—Tu crois qu'on a bien demandé ce qu'il fallait ? cria-t-il à Annie, qui faisait déjà couler un bain. Une *camera matrimoniale*, c'est ça, qu'on voulait. Tu penses qu'elles sont toutes comme ça, en Italie ?

—Ne sois pas idiot, Charlie.

Annie entra dans la baignoire et glissa sous l'eau en gémissant de plaisir. Quelques secondes plus tard, elle s'installa de manière à ce que l'eau lui arrivât au menton.

—Nous avons eu de la chance, c'est tout. Sers-moi un verre.

Salter, à présent à demi dévêtu, exhuma la bouteille de scotch que leur ami avisé leur avait conseillé d'emporter partout avec eux en Angleterre, dénicha deux verres à dents et leur versa une dose. Il acheva de se déshabiller et s'assit sur une serviette posée sur le bord de la baignoire, les pieds dans l'eau.

—Je regrette de ne pas fumer, tiens. Avec un cigare, ce serait vraiment l'image parfaite du bien-être ! lança Annie.

—Il y a assez de place pour moi, là-dedans, affirma Salter en montrant du doigt la quasi-moitié de baignoire qui restait au-delà des pieds d'Annie.

—Non, pas du tout. Attends ton tour. (Elle sirota son verre.) On peut dîner, ici ? Tu crois qu'on devrait ?

—Le sergent a dit qu'ils faisaient la cuisine. Tous les indices concourent à nous inciter à tenter le coup.

Il plongea une main dans l'eau, en sortit un pied d'Annie et commença à compter sur les orteils de sa femme :

—Un, il y fait chaud. Deux, il y a de l'eau chaude. Des tonnes d'eau chaude. Trois, le matelas a l'air correct. Quatre, on peut lire au lit. Cinq, la propriétaire, madame Je-ne-sais-plus-comment, a l'air bien nourrie et elle a un accent italien.

Elle retira son pied, car il commençait à lui chatouiller la cheville puis l'arrière du genou.

—Six, continua-t-elle, il pleut à torrents. Sept, ça sent l'ail. (Elle se leva.) C'est à toi !

Salter rajouta de l'eau chaude et s'enfonça dans le bain en poussant des cris de satisfaction.

Quand il se fut baigné suffisamment longtemps, il se sécha lentement et entra dans la chambre où il trouva Annie, la tête enturbannée dans une serviette, endormie sous l'édredon. Il se versa un autre scotch, se drapa dans l'un des immenses draps de bain (« Ne vous encombrez pas de robes de chambre, leur avait dit leur ami expérimenté, utilisez vos imperméables » ; jusqu'à présent, ses conseils s'étaient avérés extrêmement utiles.) et s'assit dans un fauteuil pour contempler, à travers les toits, les champs et les collines de la terre de ses ancêtres.

Cela faisait une semaine qu'ils avaient quitté le Canada ; c'était là leur premier voyage planifié de quatre semaines à sillonner l'Angleterre et l'Écosse. Après un long hiver rigoureux à Toronto et une période difficile dans leur mariage, les Salter avaient décidé un changement radical de décor et de rythme. Ils avaient tous deux travaillé dur, surtout Annie, qui était absorbée par sa nouvelle carrière dans une agence de publicité. Salter avait mis du temps à s'adapter à la nouvelle organisation que nécessitait l'activité professionnelle de sa femme ; une nouvelle vie qui comprenait plus de repas au restaurant qu'autrefois, à l'occasion, des dîners qu'Annie prenait chez un traiteur en rentrant à la maison et, encore plus rarement, des sandwiches au fromage grillé que Salter préparait tout seul pour lui et ses deux fils. Plusieurs fois, Annie avait dû aller organiser une prise de vues le samedi, laissant Salter flemmarder tout seul. Ils faisaient de moins en moins souvent l'amour, parce qu'ils étaient fatigués et aussi parce que leur irritation se muait en un mur lorsqu'ils allaient se coucher. Et puis, en février, Annie avait décidé d'en finir avec la maternité. Elle avait quarante ans passés et ils avaient convenu qu'il était désormais trop tard pour avoir un autre enfant. Tout cela paraissait sensé aux yeux de Salter, mais il en éprouvait néanmoins une petite tristesse. Il adorait ses fils, mais il s'entendait moins bien avec eux qu'Annie. Père et fils étaient sur leurs gardes les uns envers les autres. Quand il regardait ses collègues qui avaient des filles, il enviait quelque peu des relations qui avaient l'air beaucoup plus simples et il se disait qu'il aurait bien aimé avoir une petite fille. Mais il n'avait pas envie d'avoir un autre garçon et, de toute façon, ça n'avait jamais été le bon moment.

Quand Annie était rentrée de l'hôpital après son opération, il s'était imaginé qu'elle était encore plus fragile, ce qui avait créé une autre barrière. Salter, comme à son habitude, s'efforçait d'ignorer le problème qui semblait apparaître, mais lorsque la situation professionnelle d'Annie fut assise, elle dégagea un créneau dans son calendrier et proposa qu'ils partent en vacances. Il fut d'accord et demanda le congé nécessaire à son surintendant.

L'Angleterre, « le pays des ancêtres », leur était venu naturellement à l'esprit ; tous deux y revendiquaient des racines. Ils demandèrent à la mère d'Annie de venir s'installer avec les garçons, s'organisèrent pour qu'une voiture de location les attendît à l'aéroport et atterrirent à Heathrow sous la pluie la deuxième semaine de mai. Ils avaient prévu parcourir le pays, en s'arrêtant dans des gîtes touristiques, d'abord dans le sud puis dans la région des lacs.

Ils effectuèrent leur première halte dans un hôtel deux étoiles d'une station balnéaire du Dorset qu'ils avaient atteinte dès le premier soir, assommés par le décalage horaire. Le gérant leur avait montré une vaste chambre humide pourvue de deux lits doubles et de deux lits d'enfants.

—C'est une chambre familiale, avait-il précisé.

C'était un petit homme bedonnant arborant une moustache digne de la RAF, portant un jodhpur sergé, et dont le gilet à carreaux était maculé d'œuf.

—Je vous la laisse au prix d'une chambre double, avait-il ajouté.

—Je n'ai besoin que d'un seul lit, avait répliqué Salter, qui embrassait du regard la peinture écaillée des lames du plancher et les notes manuscrites placées près des interrupteurs qui limitaient les heures de jouissance de toutes les commodités, des bains aux pique-niques au lit.

—Normalement, j'y mettrais une famille. Quatre personnes en pension complète, mentionna le gérant. Mais bon.

—Combien? demanda Salter. *Prends ton temps*, pensa-t-il en voyant que le bonhomme additionnait mentalement leur accent américain, la pluie et la fatigue visible d'Annie pour parvenir à un prix.

—Trente-six livres, annonça l'homme. Petit déjeuner inclus.

—Je sais, rétorqua Salter.

Il fit le calcul:

—Cinquante dollars, dit-il à Annie, qui se contenta de hausser les épaules.

Salter examina de nouveau la chambre. *Peut-être qu'avec un petit effort supplémentaire, on pourrait dénicher un de ces hôtels qu'on trouve dans les brochures de British Airways, avec Robert Morley dans le rôle de l'hôte*, se dit-il.

—Si vous prenez le dîner, je vous la fais à vingt et une livres, proposa le gérant en le regardant.

—À combien est le dîner ?

—Neuf livres cinquante. Tout compris, bien sûr. Disons quarante livres pour le tout.

—Oh, Charlie, prenons-la ! intervint Annie, qui était assise sur le bord de l'un des lits.

—C'est entendu, alors, conclut le gérant. Aucun acompte n'est nécessaire, bien sûr. (Il se dirigea vers la porte.) Je vais vous apporter vos bagages si vous me confiez vos clés. Je crois savoir quelle est votre voiture.

Pendant qu'ils attendaient, Annie essaya chacun des deux grands lits. Le premier présentait une fosse profonde au milieu et le second était étrangement dur ; lorsque Salter souleva le matelas, qui semblait rempli de vieux ours en peluche, il vit les cadres affaissés de deux lits d'une place attachés ensemble, de sorte qu'une arête métallique se trouvait pile au milieu du lit. Salter alla à la fenêtre et regarda le gérant, qui était juste en dessous, dans le stationnement, en train d'examiner les étiquettes de leurs bagages et de fouiller dans la boîte à gants de leur voiture. Lorsqu'il arriva à la porte de la chambre avec leurs sacs, il avait un message supplémentaire à leur adresser. Il désigna la note affichée sur la porte de la salle de bains, de l'autre côté du couloir :

—Nous vous demandons de ne pas prendre de bain avant le dîner, après dix heures ou à l'heure du petit déjeuner, récita-t-il. Bon séjour.

Et tout à l'avenant. Le dîner comportait cinq services, si l'on comptait le demi-pamplemousse offert en hors-d'œuvre et le triangle de fromage fondu encore emballé servi à la fin du repas. La soupe, un « *potage maison** », consistait en une

* NDLT : Les mots suivis d'un astérisque sont en français dans le texte original.

suspension gélatineuse de morceaux de persil. L'entrée se composait d'un disque de viande grise accompagné de carottes, pommes de terre, trognons de chou et cubes de navet, présentés dans des plats de service et baignant dans un fond de l'eau dans laquelle ils avaient bouilli.

En buvant une bouteille de vin et en mangeant du pain, les Salter s'en tirèrent remarquablement bien.

—Comme dessert, nous aurons sans doute du pouding au tapioca avec de la crème anglaise, prédit Annie.

Mais elle se trompait. Avant que Salter ait eu le temps de lui demander ce qu'était le tapioca, on leur servit des croûtes de pain baignant dans du lait où flottaient quelques grains de raisin.

—Qu'est-ce que c'est ? s'enquit Salter, chez qui la colère et le désespoir avaient désormais cédé le pas à la curiosité.

—Du pouding au pain et au beurre.

Le café instantané fut servi dans le solarium, une verrière frigorifique annexée au bâtiment principal et meublée de rotin cassé.

—C'est sûrement assez agréable, ici, quand il fait chaud, commenta Annie, recroquevillée pour lutter contre le froid.

Ils burent un verre dans le bar désert et allèrent se coucher, sales, affamés et frigorifiés. Et là, un retournement de situation se produisit : quand ils se glissèrent dans le lit creux (« Il est juste humide, pas trempé », lui avait assuré Annie), Annie eut un petit rire que Salter, percevant l'humeur de sa femme, prolongea par un gentil chahut qui balaya leur nouvelle gêne et se transforma en galipettes joyeuses et simples, lesquelles firent disparaître comme par enchantement leurs problèmes des trois derniers mois. Le lendemain matin, ils étaient de si bonne humeur que ni le pauvre œuf au plat solitaire et froid qu'on leur servit au petit déjeuner ni la taxe qu'on leur factura (« Seul le dîner était tout compris, monsieur. ») ne parvinrent à les contrarier. Ils partirent de bonne heure sous la pluie de crainte qu'un événement heureux ne vînt gâcher la misère de leur première nuit en Angleterre.

— Qu'allons-nous faire, maintenant ? demanda Salter.

— Eh bien, nous allons être très, très prudents, répondit Annie. Nous commencerons à chercher un endroit pour la nuit dès trois heures de l'après-midi, et nous allons acheter des guides routiers.

Ils empruntèrent la route côtière jusqu'à Torbay, en traversant la verdoyante campagne luxuriante ; Annie, férue de jardinage, ne cessait de s'extasier devant la prodigalité du printemps anglais.

— Tout est tellement touffu ! s'exclamait-elle. Ils doivent passer tout leur temps à jardiner.

— Quand il ne pleut pas, rétorqua Salter.

Il devait se concentrer fort pour suivre la route dans la brume. À Torbay, ils achetèrent tous les guides recensant les bons restaurants et hôtels qu'ils purent trouver et passèrent une heure dans un pub à vérifier si leurs recommandations concordaient. Pour leur deuxième nuit, ils arrêtèrent leur choix sur une auberge située sur la côte, près de Clovelly. Ils réservèrent par téléphone et se dirigèrent vers l'intérieur des terres, troquant les petites routes de campagne bordées de primevères contre les landes mélancoliques et désolées. Salter fit un léger détour pour jeter un coup d'œil à la prison, mais la brume s'épaississait et il s'empressa de rejoindre la route principale avant qu'elle ne fût hors de vue. Pendant toute l'après-midi, ils traversèrent la péninsule en se concentrant pour ne pas se perdre.

Ils avaient décidé de n'accepter leur réservation que si l'endroit avait l'air accueillant, et c'est avec une certaine appréhension qu'ils s'en approchèrent à cinq heures. Salter s'arrêta sur la route, à quelques mètres de l'auberge.

— Le gazon est tondu, remarqua Annie.

L'expérience de la nuit précédente aurait pu leur être épargnée s'ils avaient accordé suffisamment d'attention aux signes de décrépitude qui étaient visibles à l'extérieur de l'hôtel.

— Les fleurs sont belles, nota Salter en indiquant un parterre d'œillets au centre de la pelouse.

Ils sortirent de l'auto et s'avancèrent.

— Ça sent bon, fit Annie en passant la tête par la porte.

Ils auraient dû remarquer l'odeur de chou, la veille.

— Allons-y, décida-t-elle.

Derrière le comptoir, se trouvait une femme d'âge moyen qui avait l'air aimable ; Salter lui demanda une chambre double. La femme lui présenta une carte sur laquelle figurait une liste de toutes les commodités de l'hôtel ainsi que les tarifs précis, qui étaient presque identiques à ceux qui leur avaient été appliqués la veille.

Mais c'était là le seul point commun avec leur première expérience : la chambre, située dans un nouveau bâtiment construit derrière l'hôtel, était bien chauffée, bien meublée et judicieusement pourvue

de tout ce qu'ils recherchaient, notamment un téléviseur caché dans une armoire, qui pouvait être al-
lumé et éteint depuis le lit. Quand ils demandèrent
où se trouvait la salle de bains et s'ils pouvaient
prendre un bain, la femme eut l'air surprise ; elle
ouvrit la porte d'une salle de bains contiguë qui eût
fait l'admiration d'un hôtelier suisse. L'eau était
bouillante.

Le dîner s'ouvrit sur un pâté de gibier, suivi d'un
agneau rôti si tendre qu'ils durent l'engloutir avant
qu'il ne fondît puis d'un choix de desserts parmi
lesquels ils optèrent pour un mélange de raisins et
de crème sure qui fit presque crier Annie de plaisir.
Là encore, le café fut servi au salon, qui était cette
fois une petite bibliothèque remplie de fauteuils, et
dans laquelle un feu égayait la cheminée.

Il y avait un autre client, un homme d'âge mûr
qui se servait un café et qui offrit de leur en verser
un lorsqu'ils s'assirent. *Un monsieur doté d'une
fortune personnelle qui lui vient de sa plantation
de caoutchouc et qui vit ici à l'année*, se dit Salter,
remarquant les coûteux vêtements d'extérieur, les
mains manucurées, le mouchoir dans la manche et
le teint dont le léger hâle était probablement dû à
la chasse et à la pêche.

— En vacances ? s'enquit l'homme.

— Oui, répondit Salter. Et vous ?

L'homme secoua la tête.

— Je ne travaille pas ; je ne suis donc jamais en
vacances, expliqua-t-il. Je vis ici à cette période de
l'année. Vous êtes Canadiens ?

— Oui. C'est si évident que ça ?

— Quand on connaît les signes. Les Canadiens
n'ont pas l'exubérance des Américains ni le souci

qu'ont les Anglais de la classe et des bonnes manières, préoccupation qui vous aurait fait faire le tour de la pièce pendant cinq minutes avant de décider si vous aviez envie que je vous adresse la parole.

— Un parfait mélange du meilleur des deux mondes ? demanda Annie. Nous sommes donc charmants ?

— Par ailleurs, cependant, certains d'entre vous combinent les caractéristiques nationales rebutantes des deux. Pour résumer, les Canadiens peuvent être des hybrides positifs ou des hybrides négatifs.

Seigneur ! pensa Salter. *Nous ne sommes là que depuis trois minutes.*

Mais devant les situations excentriques, Annie réagissait comme Alice au pays des merveilles.

— Vous y avez beaucoup réfléchi ? demanda-t-elle.

— Réfléchir est ma seule activité, ma chère dame. J'ai beaucoup de temps.

— Mon mari n'a dit que deux mots, poursuivit-elle. Nous aurions pu être Australiens. Comment avez-vous su que nous ne l'étions pas, juste en nous regardant ?

— Parce que la patronne me l'a dit.

Il décroisa les jambes et se pencha en avant avec un petit rire.

— Je ne pense pas être capable de continuer avec ces bêtises, dit-il. Buvons un verre ! Vous allez me raconter ce que vous avez vu jusqu'à maintenant.

Annie éclata de rire. Salter, qui s'y était presque laissé prendre, était soulagé de voir que ce n'était qu'un petit jeu. Il se lança dans un compte rendu des différences entre les deux hôtels de même tarif qu'ils avaient fréquentés jusqu'alors. Le brandy arriva tandis qu'il parlait, et le visage de leur interlocuteur commençait à avoir l'air d'un téléviseur en train de chauffer. Lorsque Salter eut fini, il était prêt.

—Ça, c'est quelque chose dont je peux vous parler, commença-t-il. Vous êtes tombés en plein sur une manifestation du système binaire anglais. Vous allez voir qu'il est présent dans toute l'industrie des services, ici. (Tout à sa joie d'avoir une histoire vraiment bonne à raconter, il se souleva de quelques centimètres de son fauteuil.) Dans ce pays, toute personne qui a affaire au public a un double. Je les appellerai Tweedledum et Tweedledee. Tweedledum est tout à fait bienveillant : cordial, courtois, serviable, parfaitement remarquable dans toutes les facettes de son métier. Au contraire, Tweedledee – que votre femme me pardonne – est un salaud de première. Tandis que Tweedledum prend plaisir à servir les gens, Tweedledee, lui, aime être bourru, malhonnête et mauvais coucheur. Non, non, laissez-moi continuer. Je suis convaincu que Tweedledum et Tweedledee sont conscients de l'existence l'un de l'autre, se connaissent et sont même associés. En fait, dans un congrès d'hôteliers, les propriétaires de cet hôtel ont rencontré ceux de votre spectacle d'épouvante d'hier soir, et ils se sont distribué les rôles. Attendez une minute. D'après mon expérience, ça marche partout : chauffeurs de bus, policiers – j'ai touché une corde sensible, on dirait –, vendeurs… chaque Tweedledum a son Tweedledee. Et comme je vous l'ai dit, ils se connaissent. Et mieux que ça, j'ai découvert qu'ils échangeaient parfois leurs rôles. Récemment, je faisais la queue pour acheter un billet à la gare de Waterloo ; à mesure que la file progressait, je me rendais compte que nous avions un salopard de première derrière la vitre du guichet. Il était moqueur avec les vieilles dames, méprisant avec les étrangers. Il tenait son rôle à la perfection. Et à l'autre guichet – oui, j'apprécierais un autre brandy –, il y avait un vrai monsieur Sourire. On n'aurait pas pu être plus serviable : il proposait les trajets les plus économiques, indiquait aux gens la meilleure partie du train en fonction de leur destination, changeait volontiers des billets de cinquante livres. Tweedledum et Tweedledee. Ne m'interrompez pas. Au moment où je m'approchais du guichet, très nerveux parce que j'avais plusieurs questions à poser, les deux préposés sont allés au fond de la pièce et ont eu une petite conversation. Lorsqu'ils sont retournés chacun à leur place, mon bonhomme m'a souri et m'a demandé comment il pouvait m'aider. Il était réellement servile. Nous avons résolu mes problèmes. Au même moment, j'entendais le préposé du guichet voisin – celui qui était gentil, vous vous rappelez ? – crier après une gamine qui osait tenter de payer son billet avec une poignée de pièces de dix pence. Il était aussi arrogant qu'un gardien de musée français. Vous voyez ? Je suis persuadé qu'ils faisaient un roulement, tantôt Tweedledum, tantôt Tweedledee. Maintenant, voici ce qui me préoccupe : j'ai très peur que cet endroit n'arrive au terme de sa période Tweedledum et qu'au dîner nous devions affronter un horrible potage insipide, de la morue congelée avec des choux de Bruxelles, suivie d'un pouding aux pruneaux arrosé de crème anglaise visqueuse.

L'homme finit son brandy dans un geste théâtral et se leva.

—Je n'ai jamais entendu un tas de conneries plus effrayant de toute ma vie, commenta Salter.

—Et pourtant, tout est vrai, se récria l'homme. Vrai de vrai. Vous verrez.

Il quitta triomphalement la pièce.

Salter regarda Annie :

—Tu y crois vraiment, toi ?

—Ça explique les faits, et c'est ce qui compte. Maintenant, allons au lit avant que nous ne tombions sur quelque chose d'ordinaire.

Pendant les quatre jours suivants, ils louvoyèrent dans le champ de mines de l'hospitalité anglaise ; ils ne trouvèrent jamais rien d'aussi mauvais que lors de leur première halte ni d'aussi bon que leur deuxième, jusqu'à ce qu'ils échouent par hasard à Boomewood, qui présentait tous les signes d'un authentique Tweedledum.

◆

Un coup frappé à la porte fut suivi d'une voix qui annonçait que le dîner serait prêt dans dix minutes. Salter réveilla Annie, puis ils se rendirent à la salle à manger, qui était déjà presque pleine. Un serveur brun, très bel homme, les guida vers une table mise pour deux personnes et demanda :

—Dîner ?

—Pourrions-nous voir le menu ?

—Pas de menu, répondit-il. Dîner ?

À la table voisine, une femme se pencha :

—Faites-leur confiance, fit-elle derrière ses épaisses lunettes.

Son commensal opina du chef.

La soupe, délicieuse, fut suivie de tranches de pattes de veau accompagnées d'un riz jaune légèrement collant.

— Osso buco, annonça Cul-de-bouteille. Jarrets de veau. Et risotto.

Les Salter s'empiffrèrent avec entrain. Pour dessert, ils eurent du sorbet.

— Miam-miam, s'exclama joyeusement Annie.

Une fois encore, ils furent invités à prendre le café dans le salon réservé aux clients de l'hôtel qui, supposaient-ils, allait être aussi comble que la salle à manger, mais seule la dame aux épaisses lunettes et son mari les y suivirent. Le café était un espresso.

— Vous voulez savoir où vous êtes tombés? demanda leur nouvelle compagne une fois qu'ils furent assis à déguster leur café. Vous êtes à la table qui a le meilleur rapport qualité/prix des Midlands, pour qui aime la cuisine florentine. (Ses loupes lancèrent des éclairs.) Ils servent un menu fixe. Surprise du chef! Et quelles surprises, Seigneur! Hier soir, on a eu des spaghetti carbonara avec des rognons de veau au marsala. J'ai cru que mon mari allait s'évanouir, n'est-ce pas, Henry?

Henry acquiesça.

— C'est vrai, admit-il.

— Et au dessert, un truc au chocolat à damner un saint. J'en étais sur les genoux, hein, Henry?

— C'est vrai, fit Henry, qui s'apprêtait à poursuivre. Elle le coupa.

— Au petit déjeuner, on nous sert un *caffè latte* géant et des petits pains tout chauds, si on veut. Si vous voulez des saucisses et du pain frit, vous devriez quitter l'hôtel dès ce soir, et bon débarras!

Salter se demanda s'il allait passer toutes ses soirées des trois semaines suivantes à être diverti par d'excentriques bavards dans les salons des hôtels. La perspective n'était pas déplaisante.

— Où sont tous les autres? s'enquit-il, plus pour maintenir Cul-de-bouteille sur sa lancée que par intérêt réel.

À partir du nez et en descendant, c'était une femme séduisante d'environ quarante ans. Elle portait une robe de lainage rouge foncé et des souliers assortis; elle avait des seins pointus et des jambes minces et musclées. Seules ses lunettes et la difficulté d'établir un contact visuel avec elle rendaient gênants les premiers échanges sociaux.

— Il y a très peu de clients, en ce moment, répondit-elle. Juste nous et une jeune Américaine. Oh, et une dame canadienne, une certaine madame Rundstedt. Enfin: je crois qu'elle est Canadienne. J'essaie de savoir. Tous les autres sont des gens du coin attirés par la bonne table. Ils ne prennent pas de réservation pour le restaurant, alors tous les soirs, il y a une file, dehors, dès sept heures. Premier arrivé, premier servi. Il n'y a qu'un seul service.

— Cela fait longtemps que vous êtes là? demanda Annie.

— Une semaine. On est arrivés ici par hasard l'année dernière, comme vous, et nous sommes revenus cette année simplement pour manger pendant quelques semaines après un hiver de *haute cuisine** à Watford, où nous demeurons. Vous n'êtes pas Anglais, je me trompe?

— Non.

— Américains?

— Non.

— C'est bien ce que je pensais.

Une pause s'intercala.

— Nous sommes Canadiens.

— Ah. Voilà qui clôt le sujet, alors. Mais laissez-moi vous parler de cet établissement. Il est tenu par un homme sur lequel j'ai des doutes, hein, Henry ? Il a un accent vraiment curieux, qu'il croit distingué. Mais, en réalité, c'est le genre d'accent qu'affectionnent les commissaires des navires de croisière et les maîtres de cérémonie des camps de vacances : très affecté. Cependant, je ne suis pas sûre de ce qu'il affecte. Il est peut-être Australien. Sa femme, que vous connaissez déjà – j'étais ici, au salon, lorsque vous êtes arrivés –, est Italienne. Son frère ne parle pas un mot d'anglais. C'est lui qui assurait le service, ce soir.

Personne ne dit mot pendant quelques instants. Puis :

— C'est tout ce que vous avez pu découvrir ? demanda Salter.

— Votre mari est ironique, répondit-elle à Annie. Mais ça m'est égal : je suis très curieuse, et c'est mon principal plaisir dans la vie. N'est-ce pas, Henry ?

— Quels sont vos autres plaisirs ? s'informa Annie. Au fait, peut-être aimeriez-vous savoir qui nous sommes ?

Elle se présenta donc, ainsi que Charlie, à l'autre couple.

— Je m'appelle Maud Beresford, reprit aussitôt après la femme. Et voici mon mari, Henry. Henry est médecin, hein, Henry ? Mais il passe son temps à jouer avec des rats dans un laboratoire.

— Je suis psychologue, expliqua Henry.

—Il est en train de vous évaluer, en ce moment même, signala Maud. Mais il ne dit jamais ce qu'il sait. Pas comme moi.

Henry alluma une pipe. Il portait des vêtements de survie : un pantalon de tissu épais, une veste de tweed sur un chandail épais, une chemise kaki, une cravate de laine à motif cachemire et des souliers à lacets de cuir et à semelles doubles.

—Je suis en vacances, ma chère, objecta-t-il en envoyant promener d'une chiquenaude les flammèches qui tombaient sur son pantalon. Et d'ailleurs, je m'intéresse aux comportements typiques. Je ne suis pas psychiatre.

—Et vous, que faites-vous ? demanda Maud à Salter, en interrompant Henry.

—Je suis superviseur de l'entretien à la Commission des transports de Toronto, répondit-il. La compagnie des bus, expliqua-t-il.

— Je n'en crois pas un mot. Et vous, Annie ?

—Moi ? Je suis femme au foyer.

Maud les regarda à tour de rôle.

—À mon avis, vous êtes deux amants clandestins en cavale, affirma-t-elle. Ne vous en faites pas : si vous restez encore deux jours, je finirai par tout savoir sur vous. Allez, viens, Henry. Allons nous coucher. Ce fut une journée bien monotone, exception faite de l'osso buco et des mystérieux Salter. On se revoit au petit déjeuner.

Henry leur adressa un clin d'œil et la suivit.

—Qu'en penses-tu ? s'enquit Salter une fois que la porte fut refermée. Est-ce qu'on doit quitter l'hôtel tout de suite ou est-ce qu'on attend demain matin ?

—Pourquoi, Charlie ? Je les trouve amusants, pas toi ?

— Oh, oui, bien sûr. Mais il lui faudra à peine cinq minutes pour me démasquer. Et après, elle va le raconter à tout le monde.

— Tu ferais mieux de t'entraîner pour que ton histoire soit crédible, tu ne crois pas ? Pour une fois, c'est à toi d'être de l'autre côté de la barrière. (Elle rit.) Je me sens toute gaie ; c'est le moment d'aller au lit…

Un dernier petit verre semblait s'imposer pour couronner la journée ; ils le prirent en se déshabillant. Leur conversation avec Maud avait laissé Salter dans une humeur absurde et lorsqu'il finit son verre, il enleva ses vêtements et se pencha vers Annie, qui était déjà sous les couvertures.

— Nancy, tonna-t-il avec ce qu'il imaginait être la voix de son personnage de fiction préféré, Bill Sikes, joué par Robert Newton, Nancy, je veux ton corps.

— Chut, lui intima Annie.

Salter, surpris, s'arrêta net. Annie désigna la fenêtre dont les rideaux étaient tirés et mit un doigt sur ses lèvres.

— Nancy, tonitrua-t-il derechef. Je suis venu pour toi !

Il s'interrompit de nouveau quand il entendit quelqu'un glousser dehors. On les espionnait. Il se remit à déclamer mais, cette fois, il s'avança vers la fenêtre tout en parlant.

— Tu m'as évité toute la journée, Nancy, bramait-il, et je suis venu réclamer mon dû, vois-tu. Tu sais ce que j'aime avant d'aller faire un p'tit cambriolage, alors laisse-moi te posséder.

D'un bond, il atteignit la fenêtre ; il tira brusquement le rideau, juste à temps pour voir une ombre disparaître au coin de la maison.

—Seigneur, lâcha-t-il. Un vrai voyeur. Je ferais mieux d'avertir le patron. Demain.

Il referma les rideaux et alla vérifier que la porte était verrouillée. Il revint se coucher dans la peau de son vrai personnage.

—Tu penses que c'était Maud Beresford ? demanda-t-il en attirant Annie à lui.

◆

Le lendemain matin, il s'avéra que Maud avait légèrement exagéré : il y avait bien du *caffè latte* au petit déjeuner, mais on leur proposa aussi des œufs et du bacon, et Salter commanda un peu de tout. Les Beresford se joignirent à eux à une table pour quatre et Maud reprit son enquête.

—Est-ce que les superviseurs de l'entretien de la compagnie des bus ont droit à quatre semaines de vacances chaque année ? s'informa-t-elle après avoir préparé le terrain au moyen de quelques questions préliminaires.

—On peut les accumuler, expliqua Salter. On peut ajouter nos heures supplémentaires à nos congés annuels réglementaires.

Les yeux de Maud parcoururent Annie, évaluant ses chaussures et ses bijoux.

—Hum…, fit-elle. Quels sont vos projets pour aujourd'hui ? Vous ne partez pas tout de suite, j'espère ?

Annie et Charlie avaient abordé le sujet le matin même dans leur chambre. Cela faisait presque une semaine qu'ils étaient coincés dans leur voiture sous la pluie, et Annie avait envie de se poser un peu. Le ciel était toujours couleur ardoise, mais il ne pleuvait pas pour le moment. Elle avait donc proposé qu'ils profitent de leur chance et restent quelques jours à Boomewood pour explorer la campagne environnante pendant la journée. Salter avait accepté. Maintenant qu'ils étaient en Angleterre, Annie, qui avait fait ses devoirs, avait une foule de jardins, maisons et châteaux à voir. Mais Salter ne savait pas ce qui le tentait, lui. Ou, plutôt, il ne le savait que trop bien : il voulait ne rien faire, écumer les pubs et se laisser vivre, bavarder avec les gens du coin pendant qu'Annie ferait ses visites. Pour résumer, il voulait errer dans Soho pendant qu'Annie visitait la Royal Academy. Tant qu'il pleuvait, il n'y avait pas de conflit, mais Annie ressortait maintenant ses guides touristiques. Dès qu'ils prendraient possession de leur nouvelle voiture, elle aurait des projets.

— Si la chambre est libre, je pense que nous pourrions rester ici quelque temps, dit Annie.

— Bien, fit Maud. Quels sont vos projets pour aujourd'hui ?

Ils lui expliquèrent leur problème de voiture, et Annie mentionna son désir de voir certains célèbres jardins des environs.

— Mais permettez-nous donc de vous emmener avec nous ! s'écria Maud. Laissez-le s'occuper de la voiture. (Elle montrait Salter du doigt.) Nous voulons voir les jardins, nous aussi, mais nous avons besoin d'un guide, n'est-ce pas, Henry ? Vous vous y connaissez en fleurs ? Je ne connais que les jonquilles et les géraniums, mais j'adore le parfum des fleurs. Henry aussi. Allons-y tous les trois et laissons donc le superviseur de la maintenance marchander avec le garagiste.

Salter et Annie échangèrent deux ou trois coups d'œil et, tacitement, convinrent que cela paraissait un bon plan et que Maud, au moins, était d'une compagnie distrayante en dépit de – ou grâce à – sa curiosité compulsive ; ils donnèrent donc leur accord. Il était prévu que les Beresford déposent Salter et qu'ils partent ensuite avec Annie voir les jardins. Ils devaient rentrer à Boomewood dans l'après-midi ; dans l'intervalle, Salter était libre de faire ce qui lui chantait, y compris les suivre si l'auto de rechange était arrivée. C'était parfait. Tokesbury Mallett semblait se prêter tout juste à une petite tournée pédestre de quelques heures ; un déjeuner au pub par-dessus ça ferait tout à fait son affaire.

Ils furent interrompus par l'arrivée du serveur, un jeune homme blond d'environ dix-sept ans.

— Ah ! s'écria Maud. Voici notre Lèche-botte…

— Et voilà, messieurs dames. Je suis vraiment désolé de vous avoir fait attendre. Œufs et bacon pour vous, monsieur. Attention à l'assiette, elle est très chaude. *Caffè latte* pour tout le monde. N'en renversez pas sur votre joli ensemble, m'dame. Et des petits pains, tout frais, tout chauds ! Du beurre ? Oh, je suis désolé ; je reviens tout de suite. Voilà, je vais vous donner le beurre de la table voisine. Autre chose, messieurs dames ? Marmelade ? Confiture ? Ketchup, monsieur ? Je sais que vous autres, Américains, vous en mettez sur quasiment tout. Un peu de sauce Worcestershire, monsieur ? Non ? Je vais vous laisser, alors. N'hésitez pas à m'appeler, je suis juste à la cuisine.

Un vrai morceau d'anthologie : du Uriah Heep joué à contre-emploi par Michael York. Prononcés avec l'accent du coin, les propos mielleux de ce joli jeune homme étaient gluants comme de la mélasse.

—Qui est-ce ? demanda par réflexe Annie à Maud.

—C'est Gregory, répondit Maud. Gregory est un apprenti électricien qui vit dans une chambre au-dessus du garage et qui paie sa pension en faisant de petits boulots, notamment le service en salle, quand les travaux d'électricité se font rares. Notre hôtesse l'a pris en pitié quand sa mère est partie sans laisser d'adresse il y a un an, probablement pour se débarrasser de lui, d'ailleurs. Seule une étrangère ne se rendrait pas compte que, de nos jours, de telles manières doucereuses ne sont pas normales chez un jeune Anglais.

—C'est peut-être un Tweedledee déguisé en Tweedledum, observa Annie.

—Un quoi ?

Annie expliqua sa remarque.

—C'est une bien jolie théorie. Et assez vraie, d'ailleurs, n'est-ce pas, Henry ?

Henry, qui essayait de lire clandestinement le journal, leva les yeux.

—Je te l'ai dit, ma chère : Gregory est probablement un cas extrême de « manque de confiance en soi chez le connard », rétorqua-t-il.

—De quoi ? firent en chœur Annie et Salter.

Pour la première fois, Maud eut l'air déconte-nancée.

—Henry se retranche parfois derrière son jargon de psychologue, protesta-t-elle. Ah ! regardez ! Notre amie américaine…

La jeune fille qui s'asseyait à une table indi-viduelle aurait eu l'air à sa place dans n'importe quel campus américain du dernier quart de siècle : chandail à col roulé noir, kilt, collant de laine noir et mocassins bon marché. Presque la même mise vestimentaire que la première fille à laquelle Salter avait conté fleurette lors de son bref passage au collège. Ils la regardèrent déjouer les tentatives que faisait Gregory pour lui arracher un sourire pendant qu'il prenait sa commande.

— Elle est amoureuse de Mario, affirma Maud. Le serveur d'hier soir. À mon avis, il a toutes les filles qu'il veut. Et voilà qu'arrive votre compatriote, madame Rundstedt.

Une femme dans la quarantaine pénétra dans la salle à manger avec la démarche délicate d'une jeune fille. Elle avait un visage minuscule surmonté de cheveux roux crépus qui remontaient de chaque côté à un angle de quarante-cinq degrés, dans le style égyptien. Elle était pourvue d'une énorme poitrine qui reposait sur ses bras tandis qu'elle parlait à Gregory.

— Un peu mystérieuse, comme vous, commenta Maud. En vacances, apparemment, mais je l'ai vue en ville ; elle avait l'air de très bien s'entendre avec de mystérieux inconnus, dans les pubs.

— Mais pas avec toi, ma chère, riposta Henry.

— Non, reconnut Maud. Je dirais même qu'elle m'évite.

— Bon, ça y est ? lança Salter. On peut y aller ?

Pendant que chacun allait chercher imperméables et appareils photo, Salter se mit à la recherche de leur hôte. Il le trouva dans un petit bureau sombre au bout du couloir du rez-de-chaussée ; c'était un homme qui approchait des soixante ans, portant une grande barbe grise et des lunettes à monture d'écaille. Il était vêtu d'une chemise à grosses rayures ornée d'une cravate club, sous un gilet de laine.

— Tout est à votre satisfaction, monsieur? s'informa-t-il après que Salter se fut présenté.

— Tout est parfait, répondit Salter, qui expliqua alors le motif de sa visite.

— Un voyeur, hein? Personne ne s'en est jamais plaint. Ne pourrait-il pas s'agir d'une méprise, monsieur?

— Non, répliqua Salter qui prit note mentalement du mensonge de son interlocuteur.

Était-ce un réflexe pour défendre la vertu de son établissement?

— Nous resterons vigilants, dans ce cas, répondit le patron, qui attendait que Salter s'en aille.

— Aimeriez-vous que je mentionne cet incident à la police de Tokesbury? proposa Salter. Je vais rendre visite à l'inspecteur ce matin.

— Non, non. Ce n'est pas nécessaire. Je m'en occupe. Vous avez une relation professionnelle avec la police, monsieur?

— Non, pas du tout, rétorqua Salter, surpris par le caractère direct de la question.

Il raconta son accident.

— Oui, bien sûr. Maria me l'a dit. Pas de chance. Ne vous inquiétez pas. Vous êtes assuré, bien sûr?

Salter hocha la tête.

— Bien, fit l'homme, qui retourna à son bureau.

Salter était légèrement intrigué par son hôte, qui semblait préférer cette caverne tapie au fond du hall aux salles publiques de l'hôtel. Il avait été poli avec Salter, mais peu expansif. Le coin n'était pas suffisamment animé pour qu'il fût possible de faire fortune avec un bar. *Mais quand on est marié à une séduisante Italienne de vingt ans sa cadette, on peut s'en remettre à elle pour satisfaire la clientèle*, songea Salter. *Surtout si elle est aussi fine cuisinière.*

◆

Le reste de la troupe était rassemblé dans le hall. On conduisit Salter en ville, où on le laissa devant le poste de police. L'inspecteur Churcher l'attendait dans son bureau impeccablement rangé ; il donnait l'impression d'avoir vérifié tous les points de son apparence personnelle à l'aide d'une liste de vérification.

— Je vous attendais pour boire le café, inspecteur, déclara Churcher. Vous en prendrez un, j'espère ?

Salter fit un signe de tête affirmatif. Churcher poursuivit :

— Noir ou avec du lait ?

La différence de goût et de couleur entre les deux est parfois tellement minime, ici, se dit Salter. Il se demandait à laquelle des dizaines de variétés de boissons que les Anglais nomment « café » il allait avoir droit.

— Avec du lait, répondit-il, par mesure de précaution.

Churcher passa la commande sur le pas de la porte ; le sergent Robey leur apporta deux tasses d'un liquide lacté gris.

Churcher ajusta les poignets de sa chemise et entama la conversation :

— Vous jouez au golf ? demanda-t-il.

— Non, mentit instinctivement Salter.

— Dommage, dit Churcher. Je n'y jouais pas avant d'arriver ici, mais je crois en l'importance des relations avec le public ; je me suis donc inscrit aux clubs locaux de golf et de tennis. D'ailleurs, ça me plaît assez. J'ai incité fortement mes hommes à s'y mettre. Pas au golf, bien sûr, mais à entretenir les relations, à leur niveau.

À leur niveau ? Comment ça ? Les quilles pour les agents, le boulingrin pour les sergents ?

— N'habitent-ils pas ici ? s'enquit Salter.

— Ah oui, je vois où vous voulez en venir, s'exclama Churcher. Mais je pense qu'ils peuvent facilement se marginaliser une fois qu'ils entrent dans la police. Ne croyez-vous pas ? Quelles sortes d'activités encourage-t-on, chez vous ?

— Toutes sortes de choses, inspecteur. La boxe, par exemple. Et on les met très souvent sur le terrain, à faire des rondes.

— Très judicieux. Au fait, je m'appelle Charles. Charles Churcher. C. C. Mon père voulait une copie conforme de lui.

Il eut un petit rire et lança un regard invitant à Salter.

Après quelques hésitations, Salter lâcha :

— Charlie.

La bouche de Churcher s'épanouit en un large sourire :

— Vraiment ? C'est absolument extraordinaire ! Dites-moi, Charles, est-ce que vos hommes reçoivent une formation spéciale pour la maîtrise des foules ? J'étais justement en train de lire un rapport sur les méthodes françaises. C'est très intéressant.

Salter regarda par la fenêtre : deux vieillards étaient en train de se battre sur le banc qui jouxtait l'arrêt d'autobus. Il n'y avait personne d'autre en vue. *Combien de temps est-ce que ça doit durer, une petite conversation polie ?* se demandait-il.

— La maîtrise des foules fait en effet partie de notre formation générale, répondit-il, avant d'ajouter : au fait, il y a un voyeur à Boomewood.

Il relata à Churcher les événements de la veille au soir.

— Notre fameux rôdeur, hein ? Sergent ! cria-t-il.

Lorsque le sergent de la veille apparut, Churcher lui intima :

— Entrez. Fermez la porte. Maintenant, Charles, j'aimerais que vous répétiez votre histoire, si vous le voulez bien. Exactement comme vous me l'avez racontée.

Doux Jésus ! se dit Salter. Il s'exécuta néanmoins.

— Bon. Qu'en pensez-vous, sergent ? demanda Churcher, comme s'il soumettait son sergent à un petit test.

Après réflexion, le sergent déclara :

— Je pense que quelqu'un écoutait à la fenêtre de la chambre de l'inspecteur.

— Ce n'est certainement pas tout, sergent. Il s'agit là du deuxième incident, rappelez-vous.

— Ils ne sont peut-être pas liés, monsieur. Dans un cas, quelqu'un écoute et dans l'autre, on chatouille les pieds en disant « Allez, debout ! ». Ces événements pourraient être le fait d'individus de types très différents, exposa le sergent avec l'air d'un homme qui met au jour une énorme faille dans une théorie complexe.

Il va trop loin, pensa Salter en observant Churcher pour voir s'il allait réagir à cette tirade.

— Bien sûr, ils semblent être tous deux fondés sur une motivation d'ordre sexuel, monsieur, continua le sergent.

Churcher balaya tous les doutes d'un revers de la main.

—Je pense pour ma part qu'ils sont forcément liés, sergent. Examinez-moi ça, voulez-vous ?

—Bien, monsieur, répliqua le sergent, dont le regard effleura à peine Salter au moment où il quitta la pièce.

Salter se leva.

—Merci pour le café, dit-il. Je crois que je vais aller faire une petite promenade en ville.

—Aimeriez-vous avoir un guide, Charles ? offrit Churcher.

—Non, merci. Si la population vous connaît, on pourrait se demander qui je suis, répondit Salter. (*Surtout si Maud nous voit*, ajouta-t-il mentalement.) Je suis toujours un superviseur de la maintenance de la compagnie d'autobus de Toronto en vacances.

—Bien sûr. Je comprends. Eh bien, revenez nous voir, d'accord ? Ça m'a fait plaisir de bavarder un peu avec vous.

Churcher lui serra la main, et Salter prit congé.

Au moment où il s'apprêtait à franchir le seuil du poste de police, il fut rejoint par le sergent Robey.

—Ce ne sont pas les comptes rendus sur les voyeurs qui manquent, confia-t-il. Mais je vais dire aux gars d'ouvrir l'œil.

—Amusez-vous bien, sergent. Que savez-vous sur le personnel de Boomewood ?

—Pourquoi, monsieur ? Quelque chose de louche chez eux ?

—Non, non. Mais c'est un endroit qu'on ne s'attendrait pas à trouver au beau milieu de l'Angleterre. Qui est le propriétaire ? D'où vient-il ?

—Il est de quelque part dans le sud, monsieur. Du côté de Londres, je dirais. On a un peu enquêté sur lui après l'incident du rôdeur. Il est arrivé dans la région il y a deux ans. Il a alors acheté Boomewood, qui était un véritable taudis, à l'époque. Vous voyez ce qu'il en a fait. Il a ouvert à la fin de la saison, et l'année dernière, c'était sa première année complète en activité. Il est un peu bizarre. On n'a pas de dossier sur lui ni rien. Apparemment, il a rencontré sa femme en Italie et il l'a ramenée ici. Le serveur est le frère de sa femme. Il est arrivé il y a quelques mois avec un permis de travail pour apprendre l'anglais. C'est tout. À part ça, il y a madame Peabody, leur femme de ménage, et ce gars, Gregory. Ils doivent travailler dur.

—C'est le cas, confirma Salter. Et ça vaut la peine, d'ailleurs. Bien, sergent. Indiquez-moi le chemin pour aller à ce pub dont vous avez parlé hier.

—L'Eagle and Child, monsieur ? Par là, tournez à la première à gauche, monsieur. Goûtez à leur jambon : c'est le patron lui-même qui le fume.

—OK. Y a-t-il autre chose que je doive voir dans les environs ?

—Eh bien, monsieur, il y a le château de Broodleigh, qui a été bâti par l'un des favoris du roi Jacques Ier, commença le sergent.

Salter le coupa :

—Je pensais à quelque chose d'un peu plus vivant, précisa-t-il. Un concours de tonte de moutons, par exemple.

—Si vous êtes encore là samedi, vous pourrez assister au concours annuel de coups de pied dans les tibias de Chipping Camden, monsieur. Il y a un peu de route à faire, mais c'est très agréable quand le soleil est de la partie.

— Voilà qui me plairait davantage, affirma Salter. Et aujourd'hui ?

— Si j'étais en congé, j'irais aux courses, avoua le sergent, le regard dans le vague.

— Parfait, ça ! Où est-ce ?

— Juste par là, monsieur. À environ trois kilomètres par cette route. Nous avons une petite réunion de courses trois fois par an. Saut de clôtures.

— Clôtures ?

— Les haies, monsieur. Des courses d'obstacles.

— Exactement ce que j'aime ! À quelle heure ?

— Je pense que la première course est à deux heures. Si vous y allez, misez quelques shillings sur Joe's Folly dans la troisième. Son entraîneur est Napper Marston, un gars du coin avec qui nous avons eu affaire deux ou trois fois. Il a mentionné hier qu'ils allaient tenter le coup avec ce cheval.

— Joe's Folly. Entendu. Merci.

— Bonne chance, monsieur. Ça va peut-être payer vos vacances, qui sait ?

Salter se mit en route en direction de l'Eagle and Child puis, comme il était à peine onze heures et demie, il fit un large détour pour aller jeter un coup d'œil à la rue du marché. Attiré par un bel étalage de pommes reluisantes, il s'arrêta devant un marchand ambulant auquel il en demanda une livre, en montrant du doigt les pommes qu'il convoitait. Le vendeur lui tourna le dos, prit trois pommes dans une caisse coincée sous ses pieds, les pesa, ferma le sac d'une main experte et le tendit à Salter.

— Je veux ces trois-là, dit Salter en montrant l'étalage.

Une petite file se formait derrière lui.

— Vous ne pouvez pas choisir comme ça, chef. On prend comme ça vient, rétorqua le vendeur. Voilà. Quarante pence.

— Mais bien sûr que j'ai le droit de choisir, insista Salter.

Derrière lui, la file commençait à marmonner.

— Il s'prend pour qui, çui-là ? s'indigna une femme.

— Ça, je me l'demande bien, répliqua une grosse femme brune en tablier et pantoufles. Il est temps que quelqu'un intervienne.

— Vous les prenez, oui ou non, patron ? demanda le vendeur.

— Non, répondit Salter.

— Bien. Suivant ! (Le vendeur vida le sac sous ses pieds, dans la caisse.) Maudits Américains ! lança-t-il.

Salter s'éloigna de quelques mètres et fit une halte devant une autre marchande des quatre saisons :

— J'aimerais ces trois pommes, dit-il d'une voix forte. Ces trois-là.

— Certainement, chef, lesquelles ? Celle-là, celle-là et celle-là ? Voilà. Quarante-huit pence, s'il vous plaît. Merci. Maintenant, mon joli, que puis-je faire d'autre pour vous ?

Salter poursuivit sa route, songeur.

◆

L'Eagle and Child servait un bon déjeuner de pain au jambon et de marinades ; Salter dénicha une place au bar et se goinfra.

— En vacances, monsieur ? demanda le barman.

Salter hocha la tête.

— Vous séjournez dans la région ?

Quelle bande de fouineurs ! se dit Salter. *Maud est juste plus franche que les autres.*

Il hocha de nouveau la tête.

— Au Swan, je suppose ?

— Non. À Boomewood, en fait.

Deux mètres plus loin, au comptoir, un homme portant une veste d'équitation et pourvu d'une moustache broussailleuse attira son attention.

— Vous aimez ? fit l'inconnu. Boomewood, je veux dire. Je pensais que je devrais l'essayer. J'ai entendu dire que le restaurant était plutôt bon.

— C'est vrai, confirma Salter. Je vous le recommande.

L'homme hocha la tête.

— Vous faites du tourisme ? Vous venez du Canada ?

— Oui, affirma Salter, vaguement irrité.

Sentait-il le sirop d'érable ?

— Comment avez-vous deviné ? demanda-t-il.

— J'y ai habité quelque temps.

— Oh ! Où ça ?

— Ici et là. D'où êtes-vous ?

— De Toronto. Je travaille pour la compagnie d'autobus.

— J'ai passé l'essentiel de mon temps à Winnipeg. Vous connaissez ?

— J'y suis allé. Il y a longtemps. Je ne sais pas à quoi ça ressemble de nos jours.

— Ça n'a pas beaucoup changé. Ce n'est pas comme Toronto. Qu'avez-vous prévu faire, aujourd'hui ? Les châteaux ?

— Non, je vais aux courses.

— Oh, vraiment ? J'y vais, moi aussi. Vous suivez les courses, ici ?

—Je n'ai jamais assisté à une course d'obstacles de ma vie. La seule course que je connaisse, c'est la course attelée.

—Greenwood, hein? (L'homme lui adressa un sourire complice.) Aimeriez-vous un peu de compagnie? Je vous montrerai les ficelles.

Pendant qu'ils bavardaient, Salter s'était efforcé de se faire une opinion sur son compagnon. Il avait remarqué ses vêtements flambant neufs et l'avait vu payer avec une épaisse liasse retenue par une pince à billets. L'homme avait l'air intelligent; les antennes du policier avaient détecté les signes de l'arnaqueur. Essaierait-il de rouler Salter? de le présenter à trois amis et à un paquet de cartes? Salter était intrigué.

—D'accord, fit-il. Quand part-on? Je vais aller voir si ma voiture est prête.

Il raconta sa mésaventure.

—Laissez-la ici. On va y aller avec la mienne. Finissez votre bière et on y va.

L'affaire était entendue. Vingt minutes plus tard, ils se retrouvèrent dans le petit flot de véhicules qui se dirigeait vers le champ de courses.

—Je m'appelle Parrott. Jeremy Parrott, annonça l'homme pendant le trajet.

—Charlie Salter. Que faisiez-vous à Winnipeg?

—Je travaillais pour le gouvernement. Dans les travaux publics. Je supervisais les chantiers des édifices publics.

—Vous êtes à la retraite, maintenant?

L'homme avait tout juste la cinquantaine.

—Temporairement. Le NPD est revenu au pouvoir et ils ont placé leurs gens. Le népotisme habituel, quoi. Mais ça ne durera pas éternellement.

C'était un classique, en politique canadienne. Salter avait grandi dans le quartier ouvrier de

Cabbagetown, à Toronto, ce qui le rendait incapable de soutenir aucun des grands partis – pour peu qu'il fût en mesure de les différencier. Mais, en même temps, il était de ceux qui considéraient comme potentiellement vraie l'assertion des initiés selon laquelle le Nouveau Parti démocratique avait gardé sa vertu intacte parce que personne n'avait jamais cherché à l'acheter. Il demeurerait néanmoins un socialiste inavoué jusqu'au moment où un honnête homme apparaîtrait ailleurs. Son nouveau compagnon venait de lui révéler son appartenance au Parti conservateur ; Salter se tut donc.

La file des voitures emprunta un chemin étroit qui franchit ce qui semblait être une trouée dans une haie conduisant à un champ. Certaines autos stationnèrent là, mais Parrott parcourut le champ jusqu'à une brèche dans une clôture de perches qui enceignait la piste de courses. Là, un préposé leur prit de l'argent et leur fit signe de traverser la piste. Ils continuèrent en voiture jusqu'au centre du parcours puis tournèrent pour se garer près d'une des haies de broussailles que les chevaux devaient sauter.

—Ici, c'est la pelouse, expliqua Parrott. Nous allons regarder l'essentiel des courses depuis ces tribunes, là-bas, mais j'aime bien en regarder une juste à côté d'une haie. J'aime les voir sauter. En se stationnant ici, on pourra s'asseoir dans la voiture s'il pleut et se tenir prêts à partir dès la fin de la dernière course. Maintenant, je vais vous faire visiter.

Ils traversèrent le parcours et rallièrent un endroit où un petit groupe était réuni autour de bookmakers qui commençaient à annoncer les cotes. Salter était stupéfait par la médiocrité des installations. Sa seule expérience des courses, il l'avait eue à Toronto, où même les sièges les moins chers étaient sous abri et où seuls les chevaux bravaient les éléments ; il n'était donc pas préparé à une telle rusticité. La pelouse consistait en un champ ouvert que la pluie avait transformé en véritable marécage, au centre duquel trônait une remise en bois délabrée coiffée d'un toit de tôle rouillée. À l'intérieur de cette cabane, quelques personnes buvaient du thé et de la bière. À côté de la clôture, une dizaine de bookmakers était rassemblée sous des parapluies. Les autres spectateurs étaient dehors, en plein air, à se laisser saucer.

Parrott expliqua le cours des événements, et Salter décida de parier. Il choisit un cheval au hasard et s'approcha du bookmaker le plus proche ; c'était un petit homme affable à proximité duquel un panneau proclamait qu'il était Jack Edwards de Nottingham, « 50 pence minimum, paris exotiques acceptés ».

—J'aimerais faire un pari de deux livres sur Mitcham Lane dans la première course, annonça Salter.

—Et c'est ce que vous allez faire, mon bon ami, rétorqua Jack Edwards.

Il saisit une carte imprimée dans un paquet qu'il tenait et s'adressa au vieux clochard qui se tenait à côté de lui, un grand registre à la main :

—Le monsieur souhaite miser deux souverains sur Mitcham Lane dans la première course, Frederick. Devrions-nous accepter son offre à une cote de sept contre un ?

Les *bookies* d'à côté pouffèrent de rire. Salter prit la carte des mains du souriant Edwards et fit demi-tour pour demander à Parrott pourquoi on se moquait de lui.

—Dites simplement : « Deux livres, Mitcham Lane », lui conseilla son compagnon. C'est aussi simple.

Mitcham Lane fit une chute à mi-parcours, hors
de vue de la pelouse, et Salter jeta son ticket. Ils
avaient convenu de traverser la piste pour la plupart
des courses, de les regarder depuis les tribunes,
mais avant qu'ils aient atteint la clôture, il y eut
une agitation au bout de la piste : deux cavaliers en
manteau rouge étaient entourés d'une meute de
chiens. Puis, une voix qui ressemblait à celle de la
Reine sortit des haut-parleurs :

— Bonne après-midi à tous, dit Sa Majesté. Bienvenue à la troisième réunion de la saison, organisée
par votre association de chasse. Je me nomme
Alison Lamprey et je suis secrétaire de l'équipage
de Tokesbury Mallett. Je ne retiendrai pas votre
attention trop longtemps, mais nous sommes ici
pour faire appel à vous qui êtes amateurs de sport,
vous qui aimez les chevaux et pour qui la National
Hunt Racing est si importante. Nous, membres de
l'association de chasse à courre de Tokesbury Mallett,
vous demandons de nous soutenir dans notre ré-
sistance aux tentatives de certains groupes externes
qui s'efforcent de s'opposer au sport traditionnel
anglais qu'est la chasse à courre. Je ne vous en-
nuierai pas en vous expliquant pourquoi la chasse
n'est vraiment pas un sport cruel et pourquoi elle
ne nuit pas à l'agriculture de notre région, car vous
savez tout cela. Je voudrais simplement vous dire
que la chasse à courre est l'épine dorsale, l'âme
même du sport que vous êtes venus apprécier aujourd'hui. Sans nous, sans la chasse à courre, il y
aurait très peu de chevaux entraînés pour la course
d'obstacles et ce sport serait très probablement voué
à disparaître rapidement. Alors je vous en prie,
écrivez à votre journal local et aux quotidiens

nationaux pour témoigner de votre soutien à notre égard. Et à présent, nous avons pensé que vous aimeriez voir un peu des couleurs et de l'action d'une chasse à courre ; nous avons donc fait venir l'équipage de Tokesbury qui va effectuer le parcours devant vous, accompagné par monsieur Simnel et Viscount Oates, nos deux maîtres d'équipage. Messieurs, c'est à vous.

On entendit une trompe de chasse ; les chiens commencèrent le parcours, suivis par les deux cavaliers au manteau rouge. Lorsque l'équipage arriva au niveau des spectateurs, l'un des cavaliers tourna la tête de côté et émit un son qui ressemblait au cri d'un coyote. Quand l'équipage eut terminé le parcours, il fit demi-tour et le refit en sens inverse ; cette fois, le cavalier hurla vers la tribune.

— Merci à tous, déclara Sa Majesté.

Salter regarda la foule autour de lui ; il s'attendait à des acclamations ou à des huées de dérision, mais il n'y eut rien de tout cela. Le court silence fut rompu par Jack Edwards qui cria :

— Bien, les gars. Qui veut parier ? Allez, venez soutenir la chasse locale. Sept contre un !

À part ça, la diatribe royale n'avait pas causé plus d'agitation ni suscité plus d'intérêt qu'un avion volant à basse altitude.

— Vous pensez que ça va aider la cause ? demanda Salter à Parrott.

— Vous voyez vraiment tous ces gens écrire au *Times* ? répliqua ce dernier.

— Mais ils y croient vraiment, vous pensez ?

— Ils n'ont même pas entendu. Ils sont venus pour parier.

— Comme moi.

Ils payèrent encore pour traverser le parcours et entrèrent dans un grand hangar où les clients cossus restaient au sec. De là, Salter eut la satisfaction de voir le cheval qu'il avait choisi dans la deuxième course désarçonner son cavalier et partir au galop pour finir le parcours tout seul.

—J'ai un tuyau pour la suivante, confia Salter, qui révéla à son compagnon le renseignement qu'on lui avait donné.

—Il est à dix contre un, remarqua Parrott. Si j'étais vous, je parierais dès maintenant.

—Cinq livres. Joe's Folly, lâcha Salter à son bookmaker du coin des lèvres.

Avant le début de la course, la cote avait baissé à six contre un.

—Tout le monde mise sur lui, nota Parrott.

Le cheval était monté par le fils de l'entraîneur. Dès que le starter baissa son drapeau, Joe's Folly partit à vive allure et, au bout de trois kilomètres, il avait six cents mètres d'avance. L'argent de Salter était aussi bien placé qu'à la banque. Puis les autres se lancèrent à sa poursuite et commencèrent à le rattraper. À quatre cents mètres de l'arrivée, Joe's Folly avait encore cinquante mètres d'avance, mais il commençait à tituber dangereusement. Derrière lui, quatre chevaux qui avaient l'air fougueux entamaient une charge implacable. Joe's Folly franchit encore trois haies; il n'en restait qu'une, mais voilà que le cheval se mettait à zigzaguer sur la piste. Les quatre autres chevaux le dépassèrent dédaigneusement et se ruèrent sur la quatrième haie. Soudain, alors que Salter s'apprêtait à jeter son ticket, le leader trébucha et tomba au moment d'atterrir sur la haie, entraînant dans sa chute deux de ses compagnons.

Joe's Folly choisit une trouée dans la haie et s'y faufila à la suite du concurrent restant, dont la victoire semblait assurée ; mais sous les clameurs de la foule, le cavalier du cheval de tête commença à glisser sur le côté. Il s'accrocha désespérément au cou de son cheval pendant quelques mètres, mais sa monture le jeta à terre d'un coup de tête, laissant Joe's Folly franchir seul d'un pas chancelant la ligne d'arrivée.

— Bravo ! s'exclama Parrott. Je ne parierais pas une deuxième fois sur lui, cependant.

À côté de Salter, un homme se récria :

— On aurait dû l'arrêter ! hurla-t-il. On met des maudits invalides sur des bons chevaux. Z'avez pas vu ? L'arrivait même pas à rester sur ce salaud au petit galop ! Sacré nom de nom ! Et c'est qui qu'a gagné ? Ce maudit Joe's Folly. Putain de magouille. Qui aurait pu miser sur ce canasson ?

Il était hors de lui.

— Moi, déclara Salter.

— Vous ? Z'avez fait ça ? Écoute-moi ça, Alf. (Il se détourna de Salter.) Y a un type ici qui dit qu'il a misé sur ce putain de canasson. Misé gagnant ! (Il jeta un coup d'œil à Salter, puis se retourna vers Alf.) Allez, viens-t'en. On va boire une tasse de thé, conclut-il, dégoûté.

Quelques minutes plus tard, quand Salter et Parrott pénétrèrent, en quête d'une boisson, dans la remise où l'on servait les rafraîchissements, Salter entendit la voix de l'homme derrière lui, dans un coin de la pièce.

— C'est lui, Alf. C'est le salaud qui a misé sur ce putain de canasson.

Salter resta dans la file qui attendait le thé, tournant le dos à la voix, tendant l'oreille.

—C'est bien lui, continuait la voix. Là-bas.

Une autre voix s'éleva. Alf.

—Tu sais quoi, Des ? Je parie qu'il ne l'a pas fait, en fin de compte. À mon avis, il essayait juste de te contrarier.

Et Alf se mit à rire.

Salter ne gagna plus aucune course. Comme convenu, ils suivirent la dernière depuis la clôture, à côté de la première haie, ce qui permit à Salter de voir d'en dessous trois tonnes de chevaux s'élever dans les airs et s'écraser à terre de l'autre côté de la haie. Regarder les courses précédentes à la distance protectrice des tribunes ne l'avait pas préparé à l'agression de ses sens que ce gros plan constituait. Les chevaux eux-mêmes étaient une vue renversante et magnifique (le plus près n'était qu'à deux mètres), formidables masses de muscles en mouvement qui planaient dans les airs. Mais ce qui l'impressionnait le plus fortement, c'étaient les énormes risques que prenaient les jockeys à chaque haie : du haut des airs, ils criaient à leurs chevaux et aux autres cavaliers, se battant pour atterrir en toute sécurité au meilleur endroit. Pour Salter, c'était le sport le plus excitant et le plus dangereux qu'il ait jamais vu ; plus tard, quand il eut repris ses esprits, il se dit qu'il aimerait, juste une fois, monter le cheval le plus sûr du monde pour franchir une haie, rien que pour voir l'effet que cela faisait, même s'il n'avait jamais mis le postérieur sur un cheval.

Tandis qu'ils marchaient pour rejoindre leur auto, il remarqua :

—Et dire que l'un d'entre eux était une fille !

Par la pensée, il était encore au pied de la haie.

—Quoi ? fit Parrott. Ah ! les jockeys ! Oui, cela fait quelques années qu'il y a des femmes, je pense. Vous allez revenir tenter votre chance demain ou bien vous allez continuer votre périple ?

Salter jeta un coup d'œil autour de lui et se rappela qu'il était sur un champ de courses.

— Nous allons rester ici quelques jours. Je reviendrai demain, ça, c'est sûr. Et vous ?

— Je ne décide rien à l'avance, répliqua Parrott. Il se pourrait que l'on se revoie ici demain. Ça dépend.

Vingt minutes plus tard, il déposa Salter au garage où le Torontois devait prendre possession de sa voiture.

— Merci, fit Salter, encore sous l'effet d'une légère griserie. J'ai vraiment aimé ça.

— À bientôt, répondit Parrott avant de démarrer.

◆

Lorsqu'il arriva à Boomewood, Annie prenait un bain après une agréable journée passée à renifler des fleurs. Maud Beresford avait proposé une autre excursion pour le lendemain ; Annie en avait très envie et Salter y vit sa chance. Il décrivit sa journée aux courses comme assez plaisante, en prenant bien soin de ne pas montrer trop d'enthousiasme.

Annie lui proposa :

— Veux-tu faire autre chose, demain ? Je ne suis pas obligée d'aller avec Maud.

— Non, non, protesta-t-il. Vas-y. Je trouverai de quoi m'occuper dans le coin.

— Tu pourrais retourner aux courses, non ?

— Je pourrais, oui. Tiens, c'est peut-être ce que je vais faire.

— Bien, dit-elle. Demande à Henry. Il avait l'air de s'ennuyer un peu, aujourd'hui.

— D'accord.

— Tu as eu ce que tu voulais, Charlie ? Parfait. Moi aussi.

Elle se retourna vers le pommeau de la douche pour se laver les cheveux. Salter tendit la main dans le dos d'Annie, ouvrit le robinet d'eau froide au maximum et s'éclipsa, la laissant glapir derrière lui.

Lorsqu'elle sortit de la salle de bains, il était en train de trier le contenu de ses poches et de jeter ses tickets de paris.

— Il nous faudra de l'argent pour demain, Charlie, l'informa-t-elle. Tu devrais aller encaisser un chèque de voyage à la réception.

Salter ouvrit le placard pour y chercher sa veste de rechange, dans laquelle il conservait son passeport et ses chèques de voyage. Il en sortit ces derniers, puis marqua une pause.

— Mon passeport a disparu, constata-t-il.

Annie s'approcha de lui et tâta les poches de la veste, y plongea la main et en sortit le passeport.

— Il n'est pas dans la bonne poche, se justifia-t-il.

Il expliqua : c'était dans la poche intérieure gauche – une profonde poche-portefeuille – qu'il rangeait son passeport, les chèques de voyage, les billets d'avion, etc. La poche de droite était plus petite et trop haute pour qu'il soit confortable d'y garder tous ces documents. S'il avait été dans cette poche, le passeport lui aurait blessé l'aisselle.

— Et si tu l'avais changé de poche sur le cintre ? supposa Annie.

Salter s'assit sur le lit et reconstitua l'enchaînement des événements qui s'étaient produits lorsqu'il s'était déshabillé, la veille au soir.

—Non, affirma-t-il. Je l'ai bien mis dans la poche de gauche avant d'enlever ma veste. Quelqu'un est venu ici.

—Quelque chose a-t-il disparu?

Ils passèrent rapidement en revue leurs possessions. Rien ne manquait. Même la liasse de billets de banque canadiens qui se trouvait dans le couvercle de la valise était toujours en place.

—Tu fais sans doute erreur, insista Annie.

—Non, je ne me trompe pas, assura Salter. Mais si tu ne me crois pas, personne d'autre ne me croira. OK. Rassemble tous ces trucs et je vais les confier à la direction de l'hôtel.

En bas, il trouva le propriétaire dans son bureau; Salter lui remit ses objets de valeur pour qu'il les enfermât dans le coffre. Mû par une soudaine impulsion, il demanda:

—Quelqu'un a-t-il accès à notre chambre en notre absence?

—Que voulez-vous dire, monsieur? rétorqua le propriétaire, avant d'ajouter: Il vous manque quelque chose?

—Non, non. Je me posais juste la question.

—Votre chambre est parfaitement sûre, monsieur Salter. La femme de ménage, madame Peabody, est totalement fiable. Avez-vous des raisons de croire que quelqu'un y est entré, à part madame Peabody?

—Mon passeport n'était pas à sa place habituelle. Mais nous ne sommes pas très soigneux. J'ai probablement oublié où je l'avais rangé. Je ne voudrais pas perdre quoi que ce soit.

—Ne vous inquiétez pas. Il y a toujours quelqu'un dans les parages. Voici un reçu pour vos objets de valeur. Vous dînez ici ce soir?

—Oui, merci. Et tous les soirs pendant notre séjour.

—Combien de temps comptez-vous rester ?

—Quelques jours, je pense. Ma femme adore cet endroit.

—Bien.

Il hocha la tête pour signifier à Salter de prendre congé.

Parfait, pensa Salter. *Mais tu as pris tout cela un peu trop calmement, mon bonhomme. Pas de défense véhémente à propos de l'honnêteté de l'hôtel. Nous avons maintenant un rôdeur, un voyeur (ou, plutôt, un écouteur) et quelqu'un qui visite les chambres. Mais peut-être tout cela est-il le lot quotidien de la vie dans les campagnes anglaises ?*

◆

Le dîner fut aussi somptueux que la veille. Au cours du repas, Henry sauta de joie à l'idée de passer une journée aux courses, et Maud et Annie planifièrent leur sortie du lendemain. La dame canadienne s'installa à sa place habituelle, mais Maud s'intéressait davantage aux progrès réalisés par Mario, le serveur, auprès de la jeune Américaine. Ils avaient l'air de bien s'entendre.

— Vous êtes-vous déjà fait draguer par un serveur ? demanda Maud à Annie.

—Non. En fait, c'était moi qui étais serveuse, et je me suis fait draguer par un client. Lui, précisa-t-elle en montrant Salter du doigt.

Ce n'était pas exactement la vérité : elle aidait alors à la gestion d'un hôtel de villégiature à l'Île-du-Prince-Édouard, établissement qui, de même que bon nombre d'entreprises, appartenait à sa famille, l'une des plus influentes de l'île.

— Vraiment ! s'exclama Maud. Très romantique. Henry, c'est dans une bibliothèque qu'il m'a trouvée. Il y est revenu tous les jours pendant trois mois, puis il a fini par m'inviter à sortir avec lui en l'écrivant sur un bulletin de demande. Hé ! regardez : je crois qu'il lui fait des avances…

Ils regardèrent tous les quatre discrètement : la jeune Américaine adressa un signe de tête affirmatif au serveur, puis regarda sa montre en se levant de table. Le serveur se dirigea vers une autre table, l'air satisfait.

— Je me demande en quelle langue ils communiquent, remarqua Annie. Il ne parle pas beaucoup anglais.

— En italien, se hâta de répondre Maud. Elle est étudiante de deuxième cycle en langues romanes. J'ai bavardé avec elle au bar, avant le dîner.

— Disons plutôt que tu l'as interrogée, intervint Henry. Elle a vingt-deux ans, elle est célibataire, elle étudie à Cornell et elle habite à Ithaca. Dans l'État de New York, plus précisément.

◆

Plus tard, au lit, Annie demanda à son mari :

— À ton avis, combien de temps reste-t-il avant que Maud ne découvre que tu es flic ? Ça commence à être fatigant.

— Je ne trouve pas, moi. C'est plutôt amusant. Ce matin, je lui ai mentionné combien notre cote de sécurité était formidable. À la compagnie des bus, je veux dire. Elle est presque convaincue – ou

vaincue, ce qui revient au même. Quand on ren-
trera à la maison, je pense que je lui enverrai une
carte depuis le bureau. Une carte officielle. Son
premier échec. Bon, maintenant, donnons-en pour
son argent à notre écouteur…

◆

Deux nouveaux arrivants firent leur apparition
au petit déjeuner le lendemain : un homme et une
femme d'une trentaine d'années vêtus comme des
jumeaux d'un jean et d'un coupe-vent.

— Ils ne sont pas Anglais, affirma Maud. Ils ont
l'air trop à l'aise, ici, et ils ne prêtent aucune attention à nous. Peut-être encore de vos compatriotes,
Charlie.

Le petit déjeuner était servi par Lèche-botte ;
Maud lui posa la question.

— Ils sont Australiens, à mon avis, madame. Je
vous promets que je vais l'apprendre.

Madame Rundstedt arriva. Maud fit remarquer
à Annie qu'elle devait être divorcée ou veuve.

— Comment pouvez-vous le savoir ? s'enquit
Salter.

— C'est une question d'alliance, répondit Annie,
légèrement embarrassée.

Mario passa la tête par la porte et échangea des
signaux avec la jeune Américaine, qui se leva précipitamment et quitta la pièce.

— Et voilà ! On peut y aller, maintenant, déclara
Maud. Nous allons prendre notre voiture ; Henry et
Charlie n'ont qu'à prendre la vôtre.

Salter alla au salon pour lire la page des courses
du *Times* en attendant Henry. Par la fenêtre, il vit

Mario partir avec l'Américaine dans l'auto de cette
dernière. Dix minutes plus tard, Henry n'était toujours
pas revenu. Salter monta donc dans sa chambre pour
faire le point sur ce dont il pourrait avoir besoin
pour la journée. Il envisagea de mettre un cheveu
sur la porte du placard, mais il eut beau s'appliquer,
pas moyen que le cheveu tienne en place. Il essaya
de le coller avec de la salive puis du ruban adhésif,
jusqu'à ce que la zone voisine du cheveu commençât
à avoir l'air abîmée. Il abandonna donc son idée,
nettoya la porte et alla rejoindre Henry.

Les deux hommes avaient pas mal de temps à
tuer ; Salter s'inventa donc un prétexte pour laisser
Henry devant une librairie pendant qu'il allait « faire
des courses ». D'un pas nonchalant, il entra dans le
poste de police, demanda vaguement son chemin et
sortit. Le sergent le rejoignit sur le pas de la porte.

— Vous y êtes allé, n'est-ce pas, monsieur ?
demanda-t-il en regardant pensivement la rue.

— Oui. Un tuyau, aujourd'hui ?

Le sergent haussa les sourcils.

— Vous êtes un vrai sportif, monsieur. Mais si
vous insistez, oui. Essayez Licensed Guide. Il devrait
avoir une bonne cote. C'est sa première sortie cette
année. Mon neveu est palefrenier là-bas.

— Entendu. Au fait, sergent, lorsque vous avez
enquêté sur les antécédents de mon hôte, avez-vous
découvert où il avait appris l'italien ? Et savez-vous
ce qu'il faisait avant d'arriver ici ? De quoi vivait-il ?

— Je répondrai « non » aux deux premières
questions, monsieur. Pourquoi ? Quelque chose de
louche à son propos ?

— C'est juste par curiosité. Pas de quoi déranger
votre inspecteur. Simplement, il a l'air de se tenir à
l'écart.

—Je comprends, monsieur. Je vais jeter un autre coup d'œil au dossier. Eh bien, bonne chance, monsieur. Vous pensez que vous vous en souviendrez ?

—Licensed Guide. Je vais l'écrire. Croisez les doigts pour moi !

Après une courte promenade en ville, Salter acheta tous les autres journaux du matin avant d'aller s'installer devant un sandwich au jambon à l'Eagle and Child, où Henry et lui avaient convenu de se retrouver. Il lut attentivement les journaux, soulignant ses sélections comme il avait vu d'autres le faire. Il cherchait des chevaux dont le nom pouvait avoir un sens prophétique, comme Annie's Choice, et il en trouva beaucoup, tellement, même, qu'il eut du mal à choisir : dans chaque course, près de la moitié des chevaux avaient un nom significatif. Il était assis au bout du bar en L ; lorsqu'il leva les yeux, il fut surpris de voir la dame canadienne tout au fond de la pièce. Il songea à aller lui parler, puis se ravisa. Il se tapit donc dans son coin, où une rangée de chopes suspendues à un rail qui courait au-dessus du bar le cachait à la vue. Il la regardait boire tranquillement son verre au moment où, derrière elle, la porte s'ouvrit, livrant passage à son compagnon de courses de la veille. Parrott jeta un regard circulaire dans le bar ; Salter était sur le point de sortir de sa cachette, mais il vit l'homme intercepter le regard de la Canadienne et se diriger vers sa table. Elle lui sourit et il s'assit.

—Ils forment un beau couple, n'est-ce pas, monsieur ? lui chuchota une voix dans l'oreille.

C'était le barman. Tout à son essuyage de verres, il considérait Salter avec une complicité ironique.

—Elle est vraiment du genre très sociable, poursuivit-il.

—Je la connais, l'informa Salter pour couper court. Elle est au même hôtel que moi.

— À Boomewood, monsieur ? Je ne serais pas surpris qu'elle déménage bientôt pour se rapprocher du centre.

Il lança un coup d'œil appuyé en direction du couple et Salter suivit son regard : il vit la main de Parrott tapoter le genou de la femme.

—Ils viennent souvent ici, monsieur.

—Vraiment ? fit Salter.

Tout comme le barman, il avait le sentiment qu'elle était coutumière de ce genre de petit pelotage, mais il ressentait une légère aversion pour le barman qui n'avait pas pu s'empêcher de lui faire part de ses observations. Car après tout, elle était Canadienne.

Il secoua son journal et s'efforça encore une fois de décrypter le jargon des turfistes anglais. Henry arriva et déjeuna. Puis il fut temps pour eux de partir.

◆

Habitué à conduire à gauche, Henry était au volant. Salter le guidait consciencieusement sur la route qu'il avait empruntée avec Parrott la veille, jusqu'à la clôture qui jouxtait la première haie. Il expliqua à Henry l'intérêt de regarder les chevaux sauter une haie, lui précisant qu'ils seraient dans la tribune pour les autres courses.

—Vraiment, vous êtes comme chez vous, ici, remarqua Henry. Maintenant, parlez-moi des *bookies*. Vous savez, c'est la première fois que je viens aux courses.

Ils traversèrent le parcours pour atteindre les tribunes. Salter montra ensuite à Henry comment et où parier. Licensed Guide était dans la deuxième course ; il n'eut aucun mal à gagner la course haut la main à six contre un. Après la quatrième course, Parrott les rejoignit un moment. Salter avait remarqué son auto stationnée à côté de la leur ainsi que la Canadienne qui était restée dedans toute l'après-midi. Mais une certaine délicatesse l'avait empêché de le mentionner à Henry, à cause de l'usage que pourrait faire Maud d'une telle information.

—Ça y est ? Vous avez attrapé le coup ? lança Parrott.

—Salut, répondit Salter avant de lui présenter Henry.

Les trois hommes bavardèrent jusqu'au moment de parier ; Salter s'éclipsa pour aller trouver un bookmaker. Il n'avait pas fini de parier que la course commença. Il longea la clôture pour aller regarder les chevaux passer dans le premier parcours. Lorsqu'il revint près de Henry, Parrott venait juste de partir. Personne n'avait misé sur le gagnant.

Salter trouva deux autres vainqueurs et le seul bémol à l'après-midi fut que Henry, qui assistait aux courses pour la première fois de sa vie, eût misé gagnant dans la troisième course, ce qui l'éleva instantanément au rang d'expert, car par la suite il expliqua à Salter comment choisir un cheval gagnant. Heureusement, quand la chance tourna, il se tut ; Salter put enfin s'amuser.

Sur le chemin du retour, Henry lui demanda :

—Il fait quoi, dans la vie, votre ami ?

—Il est inspecteur en bâtiment ou quelque chose du genre. Pourquoi ?

—Je me demandais juste. En tout cas, lui, il semblait vraiment avoir envie de tout savoir sur vous.

— Il est seul, Henry. Et il a vécu au Canada. Je suis le premier homme civilisé qu'il a rencontré dans le coin. C'est la Semaine de l'hospitalité canadienne.

— Ah oui ? J'ai réellement eu l'impression qu'il essayait de me tirer les vers du nez.

— Que lui avez-vous dit ?

— Je lui ai dit que vous étiez sans doute un agent de la CIA qui se faisait passer pour un chauffeur de bus.

— Pour la dernière fois, Henry, je suis Canadien. La CIA, c'est aux États-Unis. Quoi qu'il en soit, je ne trouve rien de mystérieux chez lui. Il est juste seul.

— Vraiment ? Vous avez oublié que je suis marié à une experte en interrogatoires, Charlie.

— Oui, et ça vous a rendu plutôt bon à ce jeu-là, Henry. Et maintenant, si vous permettez, je vais vous dire de quoi vous avez parlé : c'est vous qui lui avez demandé, à lui, si je ressemblais à un superviseur de la maintenance, c'est bien ça ? Alors, qu'est-ce qu'il vous a dit ?

Henry rougit.

— Écoutez, Charlie. Quelquefois, j'aime bien essayer de prendre de l'avance sur Maud, pour lui damer le pion. En fait, il a dit que vous aviez justement le type. (Il fit une pause.) Mais je vous l'ai dit, il essayait vraiment de me tirer les vers du nez.

Salter réfléchit un moment. Il était certain de n'avoir jamais rencontré Parrott auparavant, mais un homme seul en vacances trouverait toujours le moyen de lier connaissance partout où c'était possible, et le policier se dit que, s'il déjeunait à l'Eagle and Child le lendemain, l'homme y serait, désireux de se faire inviter aux courses une nouvelle fois.

DEUXIÈME PARTIE

MORT À TOKESBURY MALLETT

Au petit déjeuner, le lendemain matin, la salle à manger était en effervescence. Les Salter tardaient à descendre, de sorte que Maud et Henry avaient déjà passé leur commande à Lèche-botte. Le serveur prit note des souhaits des Salter en apportant les œufs des Beresford.

— Je vais faire de mon mieux, monsieur, madame, affirma-t-il. Mais nous avons quelques problèmes à la cuisine – aimeriez-vous de la marmelade, madame Beresford ? –, alors je ne peux rien vous promettre.

Il adressa un sourire aux Salter et aux Beresford, puis tourna les talons.

— Des problèmes à la cuisine ? répéta Maud. Mais c'est notre hôtesse, la cuisine. Nous sommes perdus sans elle. Tiens, la voilà, l'explication…

Mario, le beau serveur, avait fait son apparition dans l'encadrement de la porte : en costume de ville, une valise à la main, il fouillait la pièce des yeux. Il repéra la jeune Américaine, s'approcha de sa table et entama avec elle une longue conversation chuchotée. En proie à une détresse évidente, la jeune fille se leva de table et lui répondit en italien.

—C'est exaspérant ! observa Maud.

Bientôt, le serveur secouait la tête tandis que la jeune fille fondait en larmes. Dillon apparut à la porte et s'adressa d'une manière brusque à Mario, qui répondit sur le ton de la colère. Ensuite, la jeune fille sembla se disputer avec Dillon. Madame Dillon émergea de la cuisine pour se joindre à la jeune fille et intercéder auprès de son mari tandis que Mario se taisait. Soudain, ce dernier se tourna vers le patron et lui cria après pendant environ une minute ; il désignait la dame canadienne, à la suite de quoi madame Dillon se retourna vers son mari et se mit à l'injurier. La jeune Américaine sortit précipitamment, en pleurs, suivie par Mario, laissant le patron et sa femme se disputer en montrant madame Rundstedt qui maintenant les regardait fixement. Ensuite, le patron empoigna sa femme pour la pousser dehors tandis qu'elle continuait de crier. Puis ce fut un silence aussi intense qu'après un duel d'artillerie.

—Je pense que nous devrions partir, déclara Annie.

—Avez-vous perdu la tête ? cria Maud, dont les verres de lunettes lançaient des éclairs. Gregory ! appela-t-elle. Venez ici. Que se passe-t-il ? Dites-moi tout, je vous prie.

Gregory ne demandait que ça.

—Pour autant que je sache, m'dame, monsieur Dillon vient de mettre Mario à la porte parce qu'il ne veut pas que son hôtel soit transformé en – scusez-moi, m'dame – en « bordel », qu'il a dit. La jeune fille américaine a dit que c'était sa faute et que, de toute façon, c'était plutôt innocent – je n'en doute pas moi-même – et qu'alors il était injuste que

Mario doive perdre son travail. Pauvre vieux Mario. C'est que son permis de travail n'est valable que pour cet emploi-ci. Maintenant, il va falloir qu'il rentre en Italie. Mais le patron insiste. Il soupçonne Mario de s'être déjà retrouvé dans un ou deux lits auparavant.

Le rôdeur, se dit Salter.

—Et l'autre partie de la scène ? Qu'est-ce qui s'est passé entre notre hôte et sa femme ? s'enquit Maud.

Avant que Gregory n'ait eu le temps de répondre, la patronne arriva pour flanquer un morceau de papier sur la table de madame Rundstedt, à la suite de quoi elle croisa les bras sur sa poitrine avec agressivité.

—Vous voulez savoir ce que c'est que ça ? hurla-t-elle.

Mais madame Rundstedt s'était emparée vivement du document avant de quitter la pièce en toute hâte.

Gregory se retourna.

—Continuez, lui intima Maud.

—Pauvre vieux Mario, ça ne lui a pas plu, de se faire virer, poursuivit Gregory. Alors, il a accusé le patron d'être un hypocrite, parce qu'il s'envoyait en l'air avec madame Rundstedt, qu'il a précisé. Mario avait vu le patron sortir de la chambre de la dame plus d'une fois. Il n'avait rien dit jusque-là parce qu'il ne voulait pas faire de la peine à sa sœur, mais maintenant je suppose que tout le monde est au courant. C'est vraiment malheureux. Il vaut toujours mieux que ce genre de choses soient passées sous silence, ne pensez-vous pas, m'dame ?

Mais il s'adressait à la mauvaise personne.

— La suite, exigea Maud.

— Eh bien, la femme du patron vient juste d'ordonner à madame Rundstedt de plier bagage. Et en ce moment même, le patron et sa femme se disputent violemment dans la cuisine. J'ai bien peur que vos œufs ne soient gâchés, monsieur. Aimeriez-vous que je vous apporte encore du pain ?

Salter approuva d'un signe de tête. Maud retint le garçon au moment où il allait partir.

— Et avec tout ça, que devient notre dîner ? lui demanda-t-elle.

— Je vais voir, m'dame, répondit-il.

Il revint presque aussitôt.

— Pas de dîner ce soir, je le crains, les renseigna-t-il. Maintenant, c'est madame Dillon qui fait ses bagages. C'est vraiment une honte.

Les deux Australiens arrivèrent et s'installèrent à leur table.

— Vous nous mettez au parfum, mon pote ? dit l'homme. Qu'est-ce qui se passe ?

Salter s'en remit à Maud, qui fournit un compte rendu déjà personnalisé des vingt dernières minutes.

— Seigneur ! s'exclama l'Australien. Et dire que nous étions déjà en train de remercier notre bonne étoile de nous avoir conduits ici. Je suppose qu'on ferait aussi bien de fiche le camp, nous aussi.

Annie y avait déjà réfléchi.

— Je n'en ferais rien, intervint-elle. Même sans dîner, cet établissement est encore beaucoup mieux que la plupart des endroits où on en sert un.

Elle jeta un coup d'œil interrogateur à Maud, qui approuva.

— Nous allons rester pour voir ce qui va se passer maintenant.

Ça me va, pensa Salter. *Encore une journée à la campagne.*

—Tu es d'accord, Jilly? demanda l'Australien à sa femme qui, d'un sourire, lui signifia son assentiment. À plus tard, alors, dit-il à la tablée.

—Attendez une petite minute, fit Maud. Avez-vous rencontré le patron de l'hôtel? Est-il Australien? Nous n'arrivons pas à reconnaître son accent.

Ce disant, elle associait toute la table à sa curiosité.

—Nous pensions que c'était un Amerloque, rétorqua l'homme.

—J'y suis! s'exclama Annie. On dirait un de ces acteurs anglais, à la télévision, qui essaient de prendre un accent américain.

—Bien, bien, bien, se délectait Maud. Pas de dîner, mais le petit déjeuner était charmant. Auriez-vous pensé ça de notre hôte? Personne ne l'a jamais vu en haut jusqu'à ce matin, et il n'a vraiment pas l'air d'avoir le genre à ça. Ça me surprend aussi beaucoup de la part de madame Rundstedt. Nous l'avons vue en ville avec un autre homme et ils avaient vraiment l'air de sortir ensemble. Vous, les hommes, vous êtes vraiment des salauds, ajouta-t-elle hors de propos. Eh bien! Je n'ai jamais compris l'adultère. Personne ne m'en a jamais donné l'occasion. Allez viens, Henry. On se retrouve dehors, Annie?

Salter s'était vu accorder son souhait de passer encore une journée aux courses, tandis que Henry avait choisi d'accompagner les femmes de nouveau; il alla donc lire les journaux pendant que le reste de la troupe se préparait pour la journée. Depuis le salon, il entendait la dispute qui continuait dans la cuisine, mais un ton plus bas, désormais. À dix heures, madame Dillon apparut, sans manteau : Salter en conclut qu'on l'avait persuadée de rester. Il assista au départ de tous les autres clients et fut témoin du dernier baiser qu'échangèrent Mario et la jeune Américaine avant que celle-ci ne parte en auto, avec ses bagages.

Il décida que la police locale devait être informée des événements de la matinée ; ils étaient en effet, d'une façon ou d'une autre, probablement liés aux histoires de rôdeur ou d'écouteur. Il avait aussi envie d'échanger quelques mots avec le sergent.

◆

— Salut, Charlie ! lui lança Churcher en guise d'accueil. Je parlais de vous à ma femme, hier soir, et nous nous demandions si votre femme et vous aimeriez venir dîner à la maison pendant votre séjour parmi nous.

— Avec plaisir, répondit Salter. Je vérifierai avec Annie quels sont nos projets. Je suis passé pour vous dire qu'à mon avis vous pouvez clore votre dossier sur le rôdeur de Boomewood.

Il relata à Churcher les détails de l'agitation de la matinée ; l'inspecteur prit tout son récit en note sur un bloc de papier ministre.

— Hum, fit-il en cochant les phrases au fur et à mesure qu'il les relisait. Comme ça, vous pensez que notre étalon italien s'est trompé de chambre ?

— C'est ce que j'ai d'abord cru. Mais c'est possible que ce soit le patron.

— Je vois. Vous pensez que cette Canadienne pourrait n'être qu'une de ses conquêtes parmi d'autres? Notre hôtelier exercerait une sorte de *droit de seigneur** sur ses clientes célibataires?

—Non, il se pourrait qu'il n'y en ait pas eu d'autres. Elle était déjà là la semaine dernière.

—Eh bien, je vois, répéta Churcher.

Il réfléchit quelques instants.

—Alors, à votre avis, qui est-ce? reprit-il.

—L'hôtelier, je dirais, à cause de la phrase «Allez, debout!». Pas très italien, comme expression.

—C'est vrai. Mais vous savez, quelquefois, ces gars commencent par apprendre l'argot. Dans un petit restau où nous allions souvent à l'époque où je faisais la cour à ma femme, il y avait un serveur italien qui commençait la moitié de ses phrases par «sans déconner». Quand on passait notre commande, ça donnait quelque chose comme: «Sans déconner, signor, le veau est oune vrrrrai piti bijou, cé soir!»

Salter rit de bon cœur.

—Que ce soit l'un ou l'autre, en tout cas, c'est une affaire interne. Bon, il faut que j'y aille. Je demanderai à ma femme, pour le dîner, mais ne soyez pas vexé si nous partons demain. Elle change souvent d'avis.

—Pas de problème. C'est le privilège des femmes. On reste en contact, cependant.

En sortant, Salter adressa un signe de tête au sergent et attendit que ce dernier le rejoigne sur le seuil.

—Quelles sont les consignes pour aujourd'hui, sergent? demanda-t-il sans préambule.

—Monkey's Paw semble bien placé dans la première, monsieur. Qu'est-ce que ça a donné, avec Licensed Guide?

—Six contre un.

—Ah, soupira le sergent. C'est l'avantage d'être sur place, n'est-ce pas ? À bientôt.

Il disparut à l'intérieur. Salter se dirigea alors vers le pub.

Le bar était vide. Salter but sa bière tout en cherchant Monkey's Paw parmi les concurrents.

—J'ai entendu dire qu'il y avait eu du grabuge dans votre hôtel, ce matin, lui dit le barman. La dame est partie dare-dare, non ?

L'aversion qu'éprouvait Salter à l'égard de l'indiscret allait croissant ; il décida de prendre le risque de déjeuner dans un autre pub à l'avenir.

—À ce qu'on dit, le patron de l'hôtel lui avait fait des avances, répondit-il. Ce n'est pas sa faute, à elle, n'est-ce pas ?

—Je vois, monsieur. Elle défendait son honneur, c'est ça ?

Salter soupira. À l'heure qu'il était, les commérages avaient probablement fait le tour de la ville, mais il plaignait la femme et éprouvait le besoin de prendre ses distances par rapport à la camaraderie salace du tavernier. Il ne répliqua donc pas, se plongeant dans le journal pour tenter de lire ce que « notre correspondant à Newmarket » avait à dire. Le barman, qui avait compris le message, s'éloigna. Salter profita de l'arrivée de quelques clients pour finir sa bière et se diriger vers le stationnement.

Monkey's Paw gagna et, dans quatre autres courses, le cheval choisi par Salter arriva deuxième. Aussi, même s'il avait perdu de l'argent, celui-ci était-il satisfait de ses résultats.

Lorsque les deux couples se retrouvèrent à Boomewood, ils apprirent que, bien qu'elle fût toujours là, madame Dillon prenait congé pour la soirée et la salle à manger était fermée. Ils allèrent dîner au Swan, où ils mâchonnèrent quelques morceaux du foie de bœuf braisé accompagné de navets suivis de cubes d'une substance ressemblant à un gâteau et qui s'avéra être un pouding cabinet. Même Maud était trop abattue pour émettre plus d'une remarque piquante sur leur dessert de substitution, qui avait été baptisé «*Spotted Dick*[1]».

—Pas de panique, commenta-t-elle. Ce n'est pas contagieux.

Le serveur – un colosse édenté qui avait un physique à ouvrir les portes d'entrée dans les films gothiques – était acrimonieux parce qu'ils avaient ignoré ses suggestions relatives au menu.

—J'vous avais bien dit de prendre le ragoût, grogna-t-il en emportant les assiettes, où le foie de bœuf était presque intact. Vous ne m'avez pas écouté !

Après le repas, ils allèrent boire un verre au «bar américain», où le barman tenta de leur vendre les boissons en promotion du jour.

—Je pense que nous ferions aussi bien de partir demain, annonça Annie sans consulter Salter.

—Oh, attendez un jour de plus, se lamenta Maud. On va voir, peut-être que Maria va retourner aux fourneaux. Et si elle boude toujours, on dégotera bien une table chez un Tweedledum quelconque !

Annie regarda Salter. Il la laissait décider et il voyait bien qu'elle était tentée. Plus elle connaissait

---

[1] NDLT : Nom couramment donné en Grande-Bretagne à cette sorte de pouding. *Spotted* fait allusion au fait que le pouding est parsemé de fruits confits et *Dick* correspond ici au diminutif du prénom *Richard*. Cependant, traduit littéralement, « *Spotted Dick* » signifie également «pénis boutonneux».

la région, plus elle l'appréciait et avait envie de la connaître encore davantage. S'ils partaient maintenant, leur séjour se résumerait à rouler sous la pluie pour dénicher un autre hôtel, jour après jour. Salter se demandait si le sergent connaissait un autre endroit digne de rivaliser avec Boomewood.

— Je vais me renseigner demain, promit-il. On doit bien pouvoir trouver quelque chose de convenable.

— Vous connaissez des gens, ici ? demanda Maud, toujours à l'affût.

— Je connais un barman, dans un pub, répondit Salter en guise de parade. Je lui demanderai.

C'est ainsi qu'ils résolurent de rester encore une nuit à Boomewood et de reporter leur décision au lendemain.

◆

Finalement, les événements décidèrent pour eux. Aux petites heures du matin, on martela la porte : Salter fut brusquement tiré d'un rêve dans lequel il mangeait une tête de mouton bouillie. Il enfila son imperméable avant d'ouvrir au sergent Robey. À l'extérieur, on entendait un ballet de voitures, des portes qui s'ouvraient, des voix qui s'élevaient dans le hall.

— Le rôdeur ? fit Salter.

— Je crains que ce ne soit un peu plus grave que ça, monsieur. C'est le patron de l'hôtel. Il est mort. Poignardé par sa femme. Pourriez-vous descendre pour faire une déclaration, je vous prie ?

— Doux Jésus ! s'écria Salter. Vous voulez que ma femme descende aussi ?

—Oui, s'il vous plaît, monsieur. Dans le salon des résidents.

Il retourna dans le couloir pour aller réveiller les autres clients.

Les Salter se vêtirent et descendirent au salon, où les Beresford et les Australiens attendaient déjà. La seule autre personne présente était Gregory, qui proposait du thé à tout le monde. L'inspecteur Churcher avait pris la direction des opérations. Il accueillit bruyamment Salter dès que celui-ci franchit le seuil :

—Charles ! s'exclama-t-il. Vous parlez de vacances ! Le boulot ne se laisse pas si facilement oublier, on dirait… mais rassurez-vous : je ne pense pas avoir besoin d'aide. Je vous mettrai au courant plus tard, mais pour le moment j'aimerais recueillir la déclaration de chacun. (Il se tourna vers l'assemblée.) Je voudrais savoir où vous étiez hier soir, à quelle heure vous vous êtes couchés, si vous avez eu connaissance de quoi que ce soit d'inhabituel, ce genre de choses. J'aimerais vous entendre à tour de rôle. L'agent attend dans la salle à manger. (Il adressa un signe de tête à l'Australien.) On va commencer par vous, monsieur, si vous voulez bien.

Salter sentait les yeux myopes de Maud braqués sur lui à travers les épaisses lunettes ; il se tourna pour affronter son regard.

—J'aurais fini par trouver, déclara-t-elle. Je n'ai jamais cru un seul mot de toutes ces foutaises sur la compagnie des autobus.

Salter inclina légèrement la tête pour accuser réception de la remarque. Annie, quant à elle, souriait. Mais maintenant que quelqu'un s'était fait tuer, Salter avait perdu le goût de s'amuser un peu avec

Maud Beresford. Il avait l'impression de jouer dans un documentaire de voyage très coloré ; il se déplaçait dans la douce et pluvieuse campagne anglaise sans vraiment y croire ni prendre au sérieux les personnes qui y vivaient. Mais, soudain, un meurtre changeait tout cela : le film redevenait en noir et blanc, familier et réel.

Annie le regardait examiner ce qui se passait :

— Tu n'as rien à voir là-dedans, Charlie.

— Je sais. Je trouve juste intéressant d'observer comment ils procèdent.

Il fut le dernier à faire une déclaration. Churcher renvoya tout le monde au lit avec pour consigne de le tenir informé de tout déplacement hors de son secteur.

— Je te rejoins, assura Salter à sa femme.

— Ne traîne pas, l'avertit-elle.

Le photographe quitta les lieux, ainsi que le médecin légiste et les ambulanciers. Churcher proposa une autre tasse de thé à Salter, qui s'assit donc en compagnie de l'inspecteur et du sergent.

— Voilà l'histoire, commença Churcher. Plutôt simple. Il y a environ une heure, madame Dillon a été trouvée en train de conduire de façon mal assurée sur Oxford Road. Les gars de la voiture de patrouille ont d'abord cru qu'elle était ivre, mais quand ils se sont approchés, ils ont vu du sang sur ses mains et ses vêtements. Elle semblait hystérique, alors ils l'ont mise en garde à vue et nous l'ont ramenée. À vous, sergent.

— L'agent qui était de service m'a appelé, poursuivit le sergent. J'ai bavardé un moment avec elle, je l'ai calmée un peu et là, elle m'a dit qu'elle avait tué son mari. Comme ça, tout simplement. J'ai alors téléphoné à l'inspecteur – je ne la croyais pas vraiment ; nous sommes venus ici et nous l'avons trouvé.

—Où ? Comment ?

—On sent le professionnel, hein, Charles ? commenta Churcher. Il était dans son bureau, contre le mur. Il était vraiment mort. Le médecin a dit qu'il avait été poignardé sept ou huit fois. Il y avait beaucoup de sang.

—Avec quoi a-t-il été poignardé ? Avait-elle un couteau ?

—Non. Elle semble avoir utilisé celui que Dillon gardait dans son tiroir. Un souvenir de la guerre.

—Où est-il ?

—Nous ne l'avons pas. Elle a dit qu'elle l'avait jeté, mais qu'elle ne se rappelait pas où. On va effectuer quelques recherches, bien sûr, mais il pourrait être n'importe où. Elle avait déjà fait une quinzaine de kilomètres quand on l'a arrêtée. Évidemment, l'arme n'est pas vraiment nécessaire, vu qu'on a ses aveux. L'affaire est plutôt simple, en fait.

—Avez-vous une déclaration en bonne et due forme de sa part ?

—Pas encore. On va s'en charger maintenant, hein, sergent ?

—C'est l'étape suivante, monsieur, selon la procédure.

—Bon. Eh bien, Charles, voilà une petite histoire à ramener à Toronto. Mais j'imagine que vous en avez beaucoup de ce genre, avec tous ces étrangers.

—Oui. Ce qui nous manque, ce sont d'intéressants meurtres typiquement anglais, du genre où un employé des chemins de fer a quatorze femmes d'âge mûr enterrées dans sa cave.

Churcher lâcha un petit rire.

—En effet. Eh bien, il faut que j'y aille, fit-il.

—Puis-je venir vous voir dans la matinée? demanda Salter. J'aimerais l'entendre dire pourquoi elle a fait ça.

—Oh, je pense que nous connaissons tous son mobile, Charles. La jalousie, évidemment. Tout le monde a été témoin de la petite scène de l'autre jour. C'était hier, c'est bien ça?

Salter acquiesça.

—Il faudra que vous confirmiez cela auprès de cette Rundstedt. Nous avons tous eu la même version de la part de Lèche-botte, et il l'a traduite de l'italien.

—De la part de qui?

—Désolé. Gregory. Le serveur qui nous a fait du thé.

—Avons-nous l'adresse de madame Rundstedt, sergent?

—Elle loge en ville, dans l'un des hôtels, monsieur. Elle devrait être facile à trouver.

—Bien. Allons-y maintenant, sergent. Une grosse journée nous attend.

Churcher traversa le hall en direction de la porte principale. Salter retint le sergent un instant:

—Demain, cet établissement va être fermé, dit-il. Où pouvons-nous aller? Et, surtout, où peut-on avoir un repas décent?

—Traditionnel ou élaboré?

—Traditionnel, répondit Salter.

Ils avaient déjà appris que « élaboré » signifiait « imitation de cuisine française ».

—Le Plough, proposa aussitôt le sergent. À Warlock. C'est à environ trois kilomètres sur la route de Marstonbury Edge. Ils servent du rôti de bœuf et de la tarte aux pommes, et ils produisent eux-mêmes leurs œufs. Et ils ont de la bière brune, monsieur.

Churcher réapparut sur le pas de la porte, se demandant ce que faisait son sergent.

— Merci, sergent, fit Salter, qui expliqua à l'inspecteur : nous allons avoir besoin d'un endroit pour la suite de notre séjour. J'étais juste en train de demander au sergent s'il connaissait un établissement. En avez-vous un à nous recommander, Charles ?

Churcher prit un air pensif, puis secoua la tête :

— Non. Je suppose que le sergent Robey vous a été plus utile sur ce point. Eh bien, à bientôt.

Pauvre gars, songea de nouveau Salter. *Personne ne lui demande jamais rien.*

◆

Dans la matinée, ils trouvèrent un agent chargé de rester sur les lieux. Gregory fit du thé à tout le monde, et les Australiens partirent. Salter parla du Plough aux Beresford, et ils convinrent tous les quatre de l'essayer pour une nuit. La note était facile à calculer, aussi Gregory donna-t-il à chacun un reçu avec solennité, en s'excusant pour les désagréments engendrés par le meurtre. Annie et Maud étaient devenues accros d'un petit bouquin sur les randonnées pédestres dans la région ; elles avaient décidé d'entreprendre une longue promenade qui les occuperait presque toute la journée. Henry voulait faire un saut à Watford pour aller rendre visite à ses rats de laboratoire pendant une petite heure. Salter, déclinant l'offre des femmes qui avaient proposé qu'il les accompagnât, avait assuré à tout

le monde qu'il se satisferait pleinement d'aller
flâner en ville.

◆

Plus tard, ils se rendirent tous ensemble à l'autre
hôtel. L'extérieur du Plough était prometteur : l'édifice
était construit en pierres grises et son nom s'étalait
sur la façade en lettres d'or fraîchement peintes. La
combinaison des deux couleurs évoquait à Salter la
tour de l'horloge de Hart House à Toronto. L'hôtel
était situé en face du parc municipal ; Salter se dit
que la direction de l'établissement devait prendre
sa part de l'entretien du parc, un pur joyau du style
« joyeuse Angleterre » avec bassin, canards, et même
ce qui semblait être un monument à la mémoire de
ceux qui étaient tombés à Azincourt. Le gazon vert
s'harmonisait parfaitement avec le gris et or de
l'hôtel ; si parfaitement, même, que Salter décida
que si un jour il possédait un cheval de course, ce
seraient les couleurs de son écurie.

Il passa la porte le premier ; il trébucha et manqua
deux marches de pierre, et quand il reprit son
équilibre, ce fut pour se cogner la tête contre une
énorme poutre qui servait de linteau à la porte intérieure. Les trois autres l'attendirent pendant qu'il
se redressait, chancelant, puis le rejoignirent dans
le hall de l'hôtel.

— 'Tention en haut, 'tention en bas ! déclama
une voix.

— C'était quoi, ça ? s'enquit Salter, encore sonné.

Le propriétaire de la voix s'avança : c'était un
petit homme soigné portant blazer et souliers impeccablement cirés.

—'Tention en haut, 'tention en bas! répéta-t-il en montrant d'abord le linteau puis la marche. Il pivota sur ses pieds de manière à se mettre de côté et désigna le comptoir, à l'autre bout du hall.

—Ah! fit Salter, qui lança un regard interrogateur à Maud.

—Sandhurst Oxbridge[2], lui murmura-t-elle à l'oreille. Il a l'accent particulier des officiers de l'armée de terre qui doivent crier.

Derrière le comptoir, la patronne de l'hôtel – une petite femme replète au physique agréable – leur adressa un sourire de bienvenue. Elle les enregistra, organisa le transport de leurs bagages et les emmena voir leurs chambres; pendant tout ce temps, son mari montait la garde près de la porte.

Ils apprirent plus tard qu'elle préparait les repas, veillait à ce que l'établissement fût impeccable et, d'une façon générale, faisait tout pour rendre le séjour de ses hôtes agréable; son mari, quant à lui, s'occupait des abords de l'hôtel et du bar. Son accent s'intensifia au fil de la journée et, en fin de soirée, Annie et Salter eurent besoin que Maud leur servît d'interprète. Le patron avait une autre manie particulièrement déconcertante lorsqu'il sortait de l'arrière du comptoir: il menait toute conversation le dos bien droit, à un angle de deux cent soixante-dix degrés par rapport à ses interlocuteurs, quitte à faire un demi-tour jusqu'à leur tourner quasiment le dos. Parler avec lui donnait l'impression de jouer dans une pièce de théâtre des années trente. À part ça, il s'avéra que tout concourait à rendre l'établissement recommandable.

---

[2] NDLT: Sandhurst: académie militaire; Oxbridge: mot-valise formé à partir d'Oxford et de Cambridge, utilisé pour désigner une élite éduquée dans les deux plus grandes universités d'Angleterre.

◆

Le lendemain matin, à dix heures, Salter était encore une fois en train de bavarder dans le bureau de Churcher.

— Elle était partie voir *Roméo et Juliette*, lui apprit l'inspecteur anglais. Lorsqu'elle est rentrée, assez tard j'imagine, bien qu'elle ne sache pas quelle heure il était, Dillon et elle se sont encore disputés, à cause de cette Rundstedt. Une chose en entraînant une autre, elle a fini par le poignarder. C'est un peu mélodramatique, mais ces gens-là ne sont pas comme nous, n'est-ce pas ?

— Et là, elle a décidé de s'enfuir ? Pourquoi sur la route d'Oxford ?

— Cette route rejoint la route de Londres. Elle a dit qu'elle retournait en Italie.

— Nous étions six dans l'hôtel, sans compter Lèche-botte, objecta Salter. Nous dormions peut-être tous, mais personne n'a rien entendu. La dispute n'a pas dû être très violente.

Churcher haussa les épaules.

— Ça reste à prouver. De toute façon, à mon avis, quand on connaît le coupable et que celui-ci a avoué, il n'y a pas lieu de s'inquiéter des petits détails bizarres, ne croyez-vous pas ? Quoi qu'il en soit, elle a signé une déclaration, après les avertissements d'usage, bien sûr.

— Avez-vous déjà parlé à Rundstedt ?

— Bien sûr. Elle a confirmé la dispute. Elle a dit que Dillon lui avait rendu visite dans sa chambre plusieurs fois. Elle ne voyait pas où était le mal. Pas en vacances.

—Je comprends. Où est-elle, maintenant ?

—Au Swan. Pourquoi ?

—Elle est seule ?

Churcher jeta à Salter un regard surpris et légèrement embarrassé.

—Maintenant, oui. Mais quand on lui a parlé, il y avait quelqu'un d'autre avec elle.

—Un dénommé Jeremy Parrott ?

—Oui. Apparemment, c'était juste une aventure d'une nuit. Il est parti ce matin. Elle semble beaucoup vous intéresser, Charles. Elle vous plaît ?

Churcher se composa une expression de complicité lubrique.

Sa remarque était stupide, mais Salter lui pardonna. Ça devait être irritant d'être devancé par un petit malin de flic « colonial ».

—Pas vraiment. Elle est trop volage. (Il eut une idée.) Je suppose qu'il n'y a aucune chance pour que je puisse parler à madame Dillon ou même être présent pendant que vous l'interrogerez ?

—Non aux deux. Si je me souviens bien, vous m'avez déjà demandé ça la nuit dernière, mais c'est contraire au règlement. Et d'ailleurs, elle n'est pas ici. Nous l'avons transférée au quartier général régional ; là-bas, ils ont des installations adaptées à l'incarcération des femmes.

—Bon, l'affaire est close, alors.

—Oui, répondit Churcher. C'est mon premier meurtre à ce poste. Mon premier vrai meurtre, devrais-je dire. En tout cas, ça fait plaisir quand tout marche comme sur des roulettes de cette manière. Je n'y suis pour rien, bien sûr, mais ça paraît bien. C'est ce qui compte, à la fin de la journée, non ?

Je l'espère pour toi, se dit Salter. C'était manifestement un de ces neuf homicides sur dix qui ont
un mobile typique, un suspect « maison » et qui ne
cachent aucun mystère réel, mais quelque chose le
chicotait. Ce qui le dérangeait, c'était le manque
apparent de détails ou de témoins qui auraient pu
confirmer la déclaration de madame Dillon. En
outre, il y avait vraiment un monde entre la femme
en colère qu'ils avaient vue la veille, cette femme
qui avait fichu madame Rundstedt dehors, et une
tueuse qui avait infligé sept ou huit coups de couteau
à sa victime. Mais elle était passée aux aveux et si
Churcher avait recueilli sa déclaration dans les
règles, il n'y avait pas de raison d'aller plus loin.
Churcher avait le droit d'être satisfait.

— Si seulement ils pouvaient tous être aussi
simples que ça ! conclut Salter en se levant.

Aucune course n'étant prévue, il n'était pas pressé
d'aller déjeuner. Mais les pubs étaient ouverts et,
par habitude, il se rendit à l'Eagle and Child. Dès
qu'il vit le barman, qui l'accueillit en habitué, il regretta son choix.

— Il y a eu beaucoup d'agitation dans votre hôtel,
la nuit dernière, monsieur, lui lança le barman.

— Ah bon ? Qu'avez-vous entendu à ce sujet ?
rétorqua Salter.

— D'après ce que je sais, la patronne de l'hôtel
a fait son affaire à son vieux mari, monsieur.

— C'est ce qu'on raconte ? demanda poliment
Salter.

— C'est ce qu'on m'a répété. Des problèmes avec
une dame, à ce qu'on dit.

— Vous entendez beaucoup de choses, insinua
Salter en regardant fixement le barman.

Il obtint l'effet escompté : le barman recommença à astiquer ses verres et s'éloigna. Salter se remit à déguster sa bière en silence, puis quitta le bar. Il se dirigea vers le Swan pour déjeuner : le « déjeuner du laboureur » consistait en un petit pain avec un morceau de fromage orange marbré accompagné d'un bâtonnet de céleri. Tout en grignotant son fromage, il se renseigna d'un air détaché auprès du barman pour savoir si madame Rundstedt était toujours à l'hôtel, car il voulait la voir. En remarquant l'air circonspect du barman, il devina que toute la ville était au courant de l'histoire.

— Elle est toujours ici, monsieur, lui dit le barman. Elle est justement en train de déjeuner.

Il désigna la salle à manger : de l'autre côté des portes vitrées, à moins de six mètres, madame Rundstedt était attablée.

— Je ne vais pas la déranger maintenant, assura Salter. Je lui ferai la surprise plus tard.

Le barman hocha la tête et s'éloigna. En quittant le bar, Salter sentit ses yeux le suivre. Sans doute, le barman aurait un détail supplémentaire à raconter à qui voudrait bien l'entendre. De toute façon, il se dit qu'il était improbable que qui que ce fût, dans cette ville, aille rapporter à Churcher les potins du coin ; ainsi, le ragot selon lequel « un Américain » fourrait son nez partout mourrait probablement de sa belle mort avant même d'avoir atteint le bureau de l'inspecteur.

Salter reprit son auto et retourna au Plough pour une petite sieste. Il se réveilla à quatre heures puis descendit au salon des résidents en quête d'une tasse de thé. Là, il eut avec le patron une conversation agréablement absurde, dos à dos. Lorsque Henry et les femmes rentrèrent, ils burent tous ensemble une pinte de bière brune et dînèrent de bonne heure d'une tourte à la viande et d'une tarte aux pommes nappée de crème, ce qui les rendit heureux de se sentir de nouveau comme chez eux.

— Vous avez été jouer au détective, Charlie ? demanda Maud par-dessus son verre de bière.

— Vous pensez vraiment qu'on me laisserait mettre mon nez partout ? répliqua Salter.

— Je me posais juste la question, fit-elle. Évidemment, vous pourriez aussi bien ne pas être policier du tout. Il ne s'agit peut-être que de l'un de vos nombreux déguisements. Je trouve Annie un peu trop bien habillée pour une femme de policier.

— Oh, Maud, je vous l'ai dit, j'ai un travail, moi aussi.

Salter coupa court à la conversation :

— Je vous montrerai mon passeport demain matin, déclara-t-il. Et mon badge, si vous voulez.

— Elle dira que ce n'est qu'une couverture intelligente, nota Henry.

— C'est difficile, avec vous autres qui venez des colonies, se lamenta Maud. On ne peut rien déduire de votre accent. Enfin, pas moi, en tout cas.

Salter se remémora une remarque émise par Maud deux jours plus tôt.

— Quel genre d'accent avait le patron de Boomewood, sous le vernis américain ? Classe supérieure, moyenne, inférieure ou l'une des onze classes intermédiaires ? demanda-t-il. Voyez-vous, j'aimerais apprendre.

Maud éclata de rire.

— Vous pensez que je vais vous croire ? À mon avis, il n'avait pas dépassé l'école secondaire. Il portait la panoplie des anciens de l'école, cravate et tout, mais ça sonnait légèrement faux, comme son accent. Il y avait autre chose de particulier dans sa façon de parler : il utilisait beaucoup d'expressions démodées, à la Rip Van Winkle. Ou bien comme ces espions allemands, pendant la guerre, qui avaient potassé l'anglais dans de vieilles histoires de Bulldog Drummond.

— Vous a-t-il donné l'impression d'être un coureur de jupons ?

— Personne ne me fait d'avances, Charlie, je vous l'ai dit. Quoique si les hommes s'approchaient de moi quand je n'ai pas mes lunettes, je serais inoffensive. Mais c'est plutôt rare… En tout cas, en général, je peux dire qui est coureur et qui ne l'est pas. On le peut toutes, n'est-ce pas, Annie ? Et j'ai été plutôt surprise quand la dispute a éclaté à propos de cette Rundstedt. Pas vous, Annie ?

— Je n'avais jamais vu le patron avant, nota Annie. Maintenant, ça suffit, Charlie. J'aimerais qu'on parle de demain. Si nous restons ici, je souhaiterais aller faire quelques achats pour les garçons, et je voudrais que tu viennes avec moi.

— Entendu. Où désires-tu aller ?

— À Cheltenham, répondit Annie. Il y a pas mal de route à faire, mais on l'a loupé en arrivant ici et on m'a dit qu'il y avait de beaux magasins.

— Que dit la météo ? s'informa Salter. Ensoleillé avec des passages nuageux ou nuageux avec des éclaircies ?

— Il va pleuvoir à boire debout, rétorqua Henry. Vous feriez aussi bien d'aller magasiner.

◆

— Est-ce qu'on va passer tout notre séjour ici avec Maud et Henry ? demanda Salter tandis qu'ils battaient le pavé à Cheltenham dans un crachin persistant. On dirait que nous sommes devenus un vrai quatuor inséparable.

— Ils nous apprécient, Charlie, et je les aime bien, moi aussi, répliqua Annie. On peut s'en aller quand on veut, mais il n'y a aucune raison de se méfier d'eux.

— Leur attitude n'est pas très anglaise, non ? grommela Salter. Je croyais que les Anglais étaient censés être distants.

— Tu n'as pas remarqué, Charlie ? Les Anglais sont soit distants, soit aimables à l'extrême. Il y a deux catégories, tu vois…

— Oh, ne recommence pas avec ça. Bon, allons acheter ce couteau suisse pour Angus avant de partir d'ici. La rue principale de ce village fait à peine trois mètres de large et j'ai envie de déguerpir avant le début de l'heure de pointe, quand tous les bergers rentrent chez eux.

— Mais on peut aussi acheter des couteaux suisses à Toronto !

— Je sais. Et ils y sont probablement moins chers, en plus. Mais Angus n'en a pas, non ?

Puis ce fut la pluie. Au dîner, ce soir-là, même Maud était légèrement déprimée. On annonçait du temps maussade, mais il n'y avait pas encore de quoi fuir vers le nord pour trouver un autre hôtel. Maud et Annie avaient certes découvert un tas d'activités intéressantes dans les environs – marchés, foires aux chevaux et une foule d'événements du genre –, mais sous la pluie, bien des occupations perdaient de leur intérêt.

—Allons en ville, proposa Maud.

—Où ça ? fit Salter.

—À Londres, idiot.

En temps normal, la perspective de visiter Londres pendant que les femmes magasinaient aurait ravi Salter, mais il avait maintenant de nouvelles priorités. À Cheltenham, il avait trouvé un calendrier des courses qui lui avait appris que, si elles étaient terminées à Tokesbury Mallett, les courses ne faisaient que commencer à Burford. La lecture d'une carte routière lui avait en outre livré un renseignement merveilleux : les organisateurs avaient arrangé les choses de manière telle qu'il y avait toujours une réunion de courses quelque part à distance raisonnable. Et voilà qu'il en était venu à aimer se tenir dans la boue jusqu'aux chevilles, la pluie lui dégoulinant dans le cou, à essayer de trouver le *bookie* qui proposait les meilleures cotes.

—Vas-y, toi, dit Salter à Annie. Je pense que je vais rester regarder le billard à la télévision. Il me semble que l'un de nos fils aime bien y jouer.

Annie l'observa pensivement. À sa connaissance, Charlie n'avait jamais joué au billard de sa vie et quant à passer une après-midi entière devant la télévision, ça ne lui ressemblait pas du tout. Salter lui rendit un regard mielleux.

—D'accord, finit-elle par dire.

L'affaire était donc entendue.

—Qu'est-ce que tu mijotes ? lui demanda-t-elle une fois qu'ils furent au lit.

—Qui, moi ? Mais rien du tout !

—Ne deviens pas accro, l'avertit-elle. Tant qu'il pleut, je suis contente que les courses te fassent passer du bon temps, mais dès que le soleil sera de

retour, je veux que nous commencions à passer nos
vacances ensemble.

◆

Mais Salter ne se rendit pas aux courses. Lorsqu'il
passa au poste de police le lendemain matin pour
demander des tuyaux au sergent et pour le remercier
de leur avoir recommandé le Plough, il tomba sur
un Churcher renfrogné.

— La direction régionale se met de la partie,
annonça-t-il à Salter. Apparemment, la déclaration
de la bonne femme ne leur convient pas. Ils ont
soulevé des tonnes de questions.

— Quel est le problème ? L'ont-ils dit ?

— Il y aurait des incohérences, voilà ce qu'ils
ont dit. (Il jeta à Salter un regard inquiet.) Ils pensent
que les aveux pourraient être faux. En fait, ils l'ont
relâchée.

Salter se tut. Il était désolé pour Churcher.

— J'attends une visite cette après-midi. Un certain
surintendant Hamilton. Accepteriez-vous d'être là
quand il viendra ? Il arrive à trois heures. Vous pourrez
peut-être lui dire quelque chose qui m'a échappé.
Il semble que beaucoup de choses m'aient échappé.

Churcher regarda ses mains.

— Bien sûr, lui assura Salter. Mais il va probablement me prier de sortir mon cul d'ici. C'est ce
que je ferais, à sa place.

— À votre avis, cette Dillon a-t-elle pu mentir ?
Mais pourquoi diable l'aurait-elle fait ?

— Je ne lui ai jamais parlé, rappelez-vous, répliqua Salter.

Devait-il avouer à Churcher qu'il avait flairé dès
le départ que quelque chose clochait ? Non.

—Que va-t-il se passer maintenant? demanda-t-il à Churcher.

Churcher haussa les épaules en évitant le regard de Salter.

—Je ne peux plus rien y changer, désormais.

—Je reviens vous voir cette après-midi, décida Salter.

Il n'avait plus besoin de parler au sergent, aussi alla-t-il directement à l'Eagle and Child, prenant le risque des confidences du barman, prix à payer pour l'excellence du déjeuner.

—Vous êtes seul aujourd'hui, monsieur, remarqua le barman en lui apportant sa bière.

—Comme toujours, répondit Salter, surpris.

—Non, monsieur. Je veux dire: vous êtes le seul client.

Salter regarda autour de lui: le bar était vide.

—Elle est partie il y a environ une heure, confia le barman. Je l'ai vue quitter le Swan en auto quand je suis allé chercher de la monnaie à la banque.

Pas besoin de lui demander de qui il parlait. Salter émit un grognement et sirota sa bière.

—J'imagine que c'est un peu trop tranquille pour elle, au Swan, continua le barman. Elle semble aimer l'action…

Là, c'en était trop.

—Pourquoi ne gardez-vous pas vos maudites remarques pour vous? lança Salter au barman. Vous pourriez les conserver pour quand vous écrirez vos mémoires.

Pendant un moment, le barman sembla sur le point de lui répondre sur le même ton. Salter s'empara de sa bière et attendit. Mais l'arrivée d'un autre client fournit au barman un prétexte pour s'éloigner. Par la suite, il resta à l'autre bout du bar, d'où il se contenta de lancer de temps en temps des regards peu amènes à Salter.

◆

Quand Salter entra, le surintendant Hamilton était assis au bureau de Churcher; ce dernier était debout à côté, les mains dans le dos.

Le visiteur devait avoir la soixantaine. Son crâne bronzé était ceint d'une couronne de cheveux hirsutes, poil de carotte et blancs. Son visage semblait taillé dans le roc; il avait un teint irrégulier, comme si le soleil n'avait pas pu atteindre toutes les crevasses. Ses yeux, très petits et rapprochés, auraient pu lui donner un air sournois, mais au contraire son regard était perçant.

Il vit que Salter l'examinait.

— Le flic de Toronto, c'est bien ça? l'apostropha-t-il. Salter? Je me présente: Hamilton. Wylie Hamilton. Asseyez-vous et dites-moi ce que vous pensez de tout ça. Foutez le camp un moment, Churcher, d'accord? Vous connaissez déjà tout ça par cœur et, en plus, votre présence pourrait intimider Salter.

Il tordit la bouche pour montrer qu'il plaisantait et fixa Churcher jusqu'à ce que celui-ci décampât.

Salter se demanda d'où il tenait sa façon de prononcer certains mots.

L'allure et le comportement de Hamilton évoquaient le châtelain, mais il avait dû commencer comme agent à un moment donné. Toutefois, dans cette mafia, pouvait-on débuter directement à un rang supérieur, à condition d'être issu du bon milieu et d'avoir un certain accent?

—Votre inspecteur a très bien mené toute cette affaire, commença Salter. J'ai été impressionné par…

Hamilton l'interrompit.

—Je ne veux pas savoir ce que vous pensez de Churcher, déclara-t-il. Dites-moi ce que vous avez vu et entendu. Après ça, vous pourrez me dire ce que je dois penser.

Salter relata les événements de son point de vue, depuis la dispute au sujet de madame Rundstedt jusqu'au décès de Dillon.

—Cela me semble plutôt clair, comme ça l'était pour Churcher, conclut-il.

—C'est de la merde et vous le savez, bougonna Hamilton. Si vous aviez traité une affaire comme ça, Orliff vous aurait remonté le coccyx au niveau des gencives à coups de latte.

Orliff était le supérieur de Salter à Toronto. Salter s'efforça de ne pas réagir tout de suite.

—Vous le connaissez ? s'enquit-il comme s'il relevait le nom d'Orliff incidemment.

—J'ai déjà été en rapport avec lui, répondit Hamilton.

—Et vous l'avez contacté ?

—Je l'ai appelé ce matin. Je l'ai tiré du lit. Apparemment, il était cinq heures du matin chez les Esquimaux.

Hamilton eut un petit sourire puis continua :

—Il m'a affirmé que vous n'étiez pas complètement idiot.

—Vous a-t-il aussi expliqué que j'étais en vacances ?

—Au Plough, on m'a dit que vous étiez ici pour deux jours encore. Je n'ai pas besoin de votre aide, Salter, mais j'aimerais avoir quelqu'un à qui parler.

L'allusion de Hamilton était claire.

— Vous me comprenez ? poursuivit-il.

— Bien sûr.

Salter haussa les épaules avant de demander :

— Alors, que s'est-il passé ? Madame Dillon a-t-elle rétracté sa déclaration ?

— Sa quoi ? Rétracté sa quoi ? Quelle maudite déclaration ? L'avez-vous vue ?

Salter fit un signe de dénégation. Il était manifeste que, quelles que fussent les manières habituelles de Hamilton, celui-ci était à présent très en colère.

— Cette putain de déclaration s'est écroulée dès la première phrase. Pas besoin d'un avocat de Londres. N'importe quel avocaillon du coin aurait pu le faire. Voilà ce que j'en fais, moi !

Il jeta la déclaration à travers le bureau.

— Bon. Je ne sais pas comment on procède en Saskatchewan...

— En Ontario, rectifia Salter.

— Aucune importance. Mais dans ce pays, quand une femme hystérique avoue avoir tué son mari – spontanément, je vous ferais remarquer, pas pendant un interrogatoire ni rien du genre, et en charabia, par-dessus le marché –, nous essayons de nous assurer qu'elle dit bien la vérité.

— Elle a été interceptée alors qu'elle s'enfuyait, fit remarquer Salter. Elle était couverte de sang.

— Elle fuyait quoi, hein ? Elle fuyait quoi ? Churcher ! hurla Hamilton. Apportez-nous du thé, voulez-vous ?

Lorsque le thé arriva et que Churcher fut reparti, Hamilton expliqua :

— Nous avons repris avec elle sa déclaration, et chaque fois elle nous a servi une version différente.

Elle a d'abord dit qu'ils s'étaient querellés tout de suite. Après, elle a dit qu'ils avaient eu une longue conversation, pendant peut-être une heure, avant de se disputer. Après, elle a dit l'avoir poignardé tandis qu'il était assis dans le fauteuil. Après ça, elle a dit qu'elle l'avait frappé dans le dos. Et le couteau ! (Hamilton jeta un coup d'œil à la déclaration.) Il conservait un couteau dans sa chambre. Elle a commencé par dire qu'elle avait grimpé l'escalier quatre à quatre pour aller le chercher puis qu'elle était redescendue tuer son mari avec. Je lui ai alors demandé pourquoi elle avait verrouillé la porte de la chambre derrière elle. Nous l'avons prise en défaut sur chaque putain de maudite phrase.

— Alors comme ça, vous pensez qu'elle a menti ?

— Je sais qu'elle a menti, mon petit gars. Je le sais. Mais pourquoi ?

— Est-elle allée voir la pièce de théâtre ?

— Oh oui, elle y est bien allée. On a trouvé une copine qui l'a accompagnée. Une Italienne. Et vous savez quoi ? Son mari a été tué au moment même où Juliette mettait un couteau dans la main de Roméo dans la tombe.

— Comment le savez-vous ?

— Parce que nous avons demandé au légiste, mon gars. Nous avons demandé à ce maudit légiste d'établir l'heure de la mort. Dillon a été tué pendant que vous autres étiez tous en train de festoyer au Swan. Churcher n'a même pas pris la peine de vérifier le rapport du légiste. Ils ont à peine échangé deux mots. Dieu du ciel !

Pour le distraire de sa fureur, Salter émit une hypothèse.

— Manifestement, elle couvre quelqu'un.

—Manifestement, oui. Manifestement. Mais qui?

—Son frère?

—Ah. Nous y voilà donc, n'est-ce pas?

Va te faire foutre! lui répondit mentalement Salter. Jusque-là, Hamilton l'avait intrigué, mais il n'avait pas l'intention de se laisser manipuler par ce foutu Anglais qui semblait s'amuser à lui poser des questions dont il connaissait déjà la réponse.

—Eh bien? aboya Hamilton.

Salter haussa les épaules.

—Eh bien, il ne reste plus qu'à trouver le frère, lâcha-t-il.

—Il a disparu. Nous avons lancé un avis de recherche. C'est bien comme ça qu'on dit? D'autres suggestions?

—L'Italie.

Hamilton secoua la tête.

—Nous avons déjà essayé ça. Il n'est pas rentré dans sa famille – ou, en tout cas, il n'y est pas encore arrivé.

—Demandez à sa sœur. Elle sait peut-être où il est.

—Bien sûr qu'elle le sait. Mais elle ne nous dira rien. Elle dit qu'elle n'en a aucune idée.

—Dans ce cas, redemandez-le-lui. Churcher m'a dit que vous l'aviez relâchée. Vous aviez des accusations qui auraient tenu la route; elle représente la seule piste qui peut vous mener à son frère. Pourquoi prendre le risque de la voir disparaître, elle aussi?

—Vous sous-estimez mon énorme ruse, mon garçon. Je ne prends aucun risque avec elle: j'ai installé un brillant jeune agent dans le fossé, juste devant son hôtel, avec pour instruction de la suivre, où qu'elle aille. En plus, il a une grande photo du frère dans la poche ; comme ça, il peut vérifier tous les visiteurs qui se présenteraient. En fait, notre idée, c'est qu'elle croie que nous ne nous intéressons plus à elle, de sorte qu'elle pourra nous conduire à son frère. Ce n'est pas d'une subtilité extraordinaire, mais c'est tout de même mieux que ce dont vous m'avez cru capable… D'autres suggestions ?

— La jeune Américaine.

— Qui ça ?

— La jeune Américaine. Son nom est dans le registre. Elle et le frère étaient amants ou en train de le devenir. Ils étaient très proches, en tout cas. Il lui a peut-être dit où il allait. Je les ai vus se faire des adieux très tendres dans le stationnement.

— Et en ce moment même, elle est quelque part en Angleterre ou en Écosse, ou peut-être même qu'elle a foutu le camp.

— Vous avez le numéro d'immatriculation de sa voiture dans le registre de Boomewood. Dillon était tatillon sur ce genre de renseignements. Elle avait loué son auto auprès de la même compagnie que moi ; ces gens-là pourraient vous donner une description complète de son véhicule. Pour moi, toutes ces petites autos se ressemblent.

Hamilton était perdu dans ses pensées.

— Voilà qui pourrait aider un peu. Je vais la faire rechercher. Suffit de mettre son nom dans le putain d'ordinateur.

Salter consulta sa montre.

— Attendez une minute. Puis-je emprunter votre téléphone ?

Hamilton poussa l'appareil devant lui. Salter appela les renseignements pour avoir le numéro du Plough, puis composa un autre numéro. On lui répondit immédiatement.

—Aaaaallô? fit la voix.

—Monsieur Stiles? Ici Charlie Salter. Savez-vous si ma femme est déjà rentrée de Londres?

—Elle est de retour, fidèle au poste. Elle prend le thé, cria Stiles. Voudriez-vous parler à votre chef d'état-major?

Salter décrypta le langage de Stiles.

—Non, répondit-il. Mais passez-moi Maud Beresford, si elle est là.

Il leva les yeux vers Hamilton, qui se grattait furieusement le conduit auditif avec l'index.

—Ah, Maud. Vous vous souvenez de la jeune Américaine? La petite amie de Mario? Ouais, c'est ça. Savez-vous où elle allait quand elle est partie? Parfait. Attendez un moment.

Hamilton libéra son index et approcha un bloc-notes de Salter.

—OK, reprit Salter. Cranmer House, Gosforth, Seascale, Cumberland. Et le nom? Gush. Merci.

Il raccrocha.

—Vous la trouverez à cette adresse, annonça-t-il à Hamilton. Ses hôtes s'appellent Gush.

Sacrée Maud!

—Vous suivez tout le monde à la trace comme ça? lui demanda Hamilton, impressionné.

—Elle a donné son adresse à une femme qui loge au Plough avec nous.

—Hum!

Hamilton transcrivit la note de Salter dans une forme qui lui permettrait de la divulguer. Pendant qu'il écrivait, la porte s'ouvrit: un homme d'une trentaine d'années, en civil, entra.

—Ah! Woodiwiss! s'exclama Hamilton. Voici l'inspecteur Salter, de la police de Toronto. Et voici le sergent-détective Woodiwiss.

Ce dernier jeta un coup d'œil à Salter et lui adressa un signe de tête.

—Nous avons terminé la fouille, fit le sergent-détective. Nous avons trouvé ça.

Il jeta une enveloppe sur la table.

Hamilton ouvrit l'enveloppe et en sortit une épaisse liasse de billets de vingt livres.

—Combien y en a-t-il, selon vous? demanda-t-il.

—Cinquante, monsieur.

—Il mettait un peu d'argent à gauche, on dirait, non?

Le sergent haussa les épaules. Ce n'était pas à lui de se livrer à des spéculations, au risque de se le faire reprocher par Hamilton lui-même.

—Très bien. (Hamilton hocha la tête.) Eh bien, je crois que c'est tout, Salter, jusqu'à ce qu'on mette la main sur Miss Amérique. S'il vous vient d'autres idées, faites-m'en part, voulez-vous? Je suis au Swan.

Bon choix, se dit Salter avec malice. *Bonne chance avec le ragoût.*

Lorsqu'il quitta le bureau, il fut intercepté par un Churcher à l'air un peu triste qui feignait de s'activer au bureau d'accueil.

—C'est un redoutable vieil enquiquineur, hein? À ce qu'on dit, il est comme ça avec tout le monde. Pas la peine de se vexer, hein?

—C'est un sacré bonhomme, renchérit Salter. Ne le laissez pas vous ennuyer.

Après vingt minutes en compagnie de Hamilton, Salter avait presque l'impression que Churcher avait l'accent cockney. En tout cas, il savait maintenant que les intonations de Churcher n'étaient pas celles des classes supérieures.

◆

— Merci, Maud, fit Salter au dîner. Votre curiosité professionnelle a été très utile. Ça m'a permis de marquer des points.

— Ne soyez pas grossier. Cette fois-ci, ce n'était pas une affaire de curiosité. La jeune fille était vraiment malheureuse et j'ai juste essayé de l'aider. Bon, quel est l'emploi du temps pour demain ?

— Oh, je vais vous suivre, Henry et vous, répondit Annie. Charlie enquête sur une affaire.

— Arrête avec ça, Annie ! Il se trouve juste que je suis flic et qu'à ce titre, mes collègues d'ici me considèrent comme un témoin fiable. C'est tout.

Annie ne dit rien.

Henry rompit le silence :

— C'est loin, Coventry ? J'aimerais bien voir la cathédrale.

Ils consultèrent le patron de l'hôtel. Moins de deux heures de route, mais plus d'une parce que la route zigzaguait dans la campagne, traduisit Maud. Henry et elle décidèrent d'y aller et Annie leur demanda la permission de les accompagner. Salter se taisait ; son souhait de rester en contact avec Hamilton l'emportait sur la nécessité d'être gentil avec Annie.

◆

Le lendemain matin, après le petit déjeuner, Salter était seul ; il s'efforçait en vain de faire les mots croisés du *Times* lorsqu'il reçut un coup de téléphone de Hamilton.

— Nous avons trouvé Miss Amérique, lui annonça le surintendant. Elle prend la route immédiatement pour venir ici. Elle a entendu les nouvelles et à son avis, j'imagine, nous sautons un peu vite aux conclusions.

— Ce que nous voulons éviter, bien sûr ? rétorqua Salter, qui savourait l'occasion de se montrer cavalier avec un officier supérieur. Qu'allons-nous faire, à présent ?

— Moi, je vais rester ici à me gratter le derrière. Venez bavarder un peu avec moi, à moins que vous n'ayez trouvé des occupations plus amusantes.

Salter arriva au poste à l'heure du café ; Churcher lui en apporta une tasse et traîna dans son bureau jusqu'à ce que Hamilton le remerciât d'un ton tranchant.

Il va falloir que j'accepte son invitation à dîner, songea Salter.

— J'ai jeté un coup d'œil au registre de l'hôtel, commença Hamilton. Combien de temps y êtes-vous resté ?

— Deux jours.

— Et cette fouineuse que vous avez appelée hier ?

— Maud Beresford ? Elle y est restée plus d'une semaine, je pense.

— Demandez-lui de regarder le registre, voulez-vous ? Il faudra probablement que l'on vérifie tout le monde jusqu'en mars, mais elle pourrait se souvenir de quelque chose qui nous permettrait de gagner du temps.

Hamilton jeta la précieuse pièce à conviction sur le bureau.

— Le voilà. Vous le lui montrerez, d'accord ?

— Que cherchons-nous ? demanda Salter.

—Il faudrait qu'elle s'efforce de se rappeler si elle a remarqué quoi que ce soit de bizarre sur les gens qui ont séjourné à l'hôtel en même temps qu'elle. En particulier, si des types avec des têtes de brutes ont menacé notre hôtelier. (Hamilton grimaça un sourire et poussa un autre document devant lui.) Je ne plaisante qu'à moitié. J'ai étudié les antécédents de notre défunt. C'est intéressant. Nous n'avons aucune idée de ce qu'il a fait entre 1944 et 1978. Nous ne savons que ce qu'il en a dit lui-même. D'après ce qu'il a déclaré au ministère de la Guerre, en 1944, il était dans un village de Toscane où il se cachait des Allemands. Apparemment, il s'était auparavant retrouvé derrière les lignes et il était parti se cacher. Quand les Boches ont commencé à se retirer et que nos troupes sont arrivées, il est sorti de sa cachette, s'est inventé une blessure psychologique – perte de mémoire, traumatisme lié aux bombardements – et il est revenu au pays, où il a disparu. Il a été inscrit sur la liste des «personnes disparues, présumées décédées» et comme on n'a retrouvé aucune trace de lui, ce statut a été confirmé dans les registres. Il a pris une fausse identité et il est passé dans la clandestinité, vivant d'expédients, comme il le disait lui-même. Après la guerre, les déserteurs ont été amnistiés, mais il ne s'est pas fait connaître avant 1978, année où il a été jugé, condamné sans peine et officiellement réformé. Ensuite, il a fait son apparition dans la région. De toute évidence, il avait un bon magot, parce qu'il a pu acheter Boomewood et y effectuer beaucoup de travaux.

—En tout cas, ça explique le fait qu'il parlait italien. A-t-il rencontré sa femme là-bas pendant la guerre ?

—Non. C'était une gamine, à l'époque. Après avoir eu son boulot de teinturier, il est retourné en pèlerinage à… (Hamilton parcourut de nouveau le document.) à Valdottavo pour voir s'il pouvait y retrouver des gens qui l'avaient aidé pendant la guerre. C'est à ce moment-là qu'il a rencontré sa femme. Il lui a fait perdre la tête, apparemment. Il l'a ramenée en Angleterre où ils ont ouvert leur pension italienne. La cuisine était-elle bonne ?

—Succulente.

—Vraiment ? Savez-vous ce qu'on m'a servi, au Swan, hier soir ? Du *toad-in-the-hole*.

—Qu'est-ce que c'est que ce truc ?

—Des saucisses en pâte. Une sorte de pouding Yorkshire, si vous préférez. Ça peut être bon, mais celui-là goûtait la croûte de lave rance. Mais je m'éloigne, je m'éloigne. Au printemps dernier, madame Dillon a fait venir son frère en renfort. Voilà l'histoire.

—Qu'a fait Dillon pendant ces trente années ?

—Il est fort probable qu'il trempait dans des trucs douteux. Il n'avait aucun papier ; Dieu sait pourtant s'il est facile de s'en procurer ! Alors sans doute a-t-il travaillé au noir. Sa femme ne sait rien à ce sujet – il lui a dit qu'il était dans les affaires – et le ministère de la Guerre n'a pas cherché à creuser son histoire. Lorsque la police a tenté de le faire, il a affirmé avoir travaillé comme journalier dans les marchés de rue. Il a probablement fait quelque chose de ce genre, peut-être à Londres. À ce qu'on dit, le dimanche matin, sur Petticoat Lane, on peut se faire voler sa montre à un bout de la rue et la racheter à l'autre bout. En tout cas, c'est ce qu'on racontait quand j'étais à l'école maternelle. Cependant, c'est vrai qu'on trouve bon nombre de marchandises volées dans les marchés de rue et que pas mal de fricoteurs en font leurs choux gras.

— Dans ce cas, il est possible qu'il touche encore des « dividendes », ce qui expliquerait l'enveloppe que vous avez trouvée.

— Tout est possible, Salter, et il va falloir que je me renseigne pour voir s'il n'y aurait pas des rumeurs. Le fait est que Boomewood marchait bien. Dillon était devenu quelqu'un de respectable, et peut-être que son passé l'a rattrapé.

— Chantage ?

— Possible. Un voyou rancunier qui se serait fait pincer alors que Dillon s'en serait tiré. Vous voyez, cette enquête offre des possibilités illimitées. (Le ton de Hamilton laissait transparaître une certaine amertume.) Quel dommage que Churcher soit dès le début parti sur une mauvaise piste, soupira-t-il.

— Peut-être que le frère va apporter rapidement une solution ?

— Ah oui, le Roméo. C'est toujours notre meilleur cheval.

— Il y a aussi la possibilité d'un mari ou d'un petit ami jaloux, observa Salter.

— Exact. Selon la Rundstedt, il avait une poussée d'hormones dès qu'une cliente lui plaisait. Évidemment, elle dit peut-être ça pour se défendre et c'est peut-être des foutaises. Apparemment, elle le trouvait séduisant, mais je doute que tout le monde soit de son avis. À en croire les gens d'ici, il n'y avait jamais eu de potins à ce sujet auparavant. Quoi qu'il en soit, il semble vraiment s'être envoyé en l'air avec votre compatriote.

— C'est peut-être la seule. Elle paraît avoir du mal à dire non.

—C'est aussi mon avis. En tout cas, il n'y a rien à faire jusqu'à l'arrivée de Miss Amérique.

Hamilton empila tous les documents et les fourra dans un tiroir.

—Jouez-vous au squash? demanda-t-il soudain. Avec tout ça, ça fait deux jours que je n'ai pas pu y jouer.

Salter étudia la question. Il avait au moins dix ans de moins que Hamilton; il jouait au squash depuis plus d'un an et il se défendait bien parmi la foule de joueurs d'âge moyen qui fréquentait le Simcoe Squash Club.

—Je n'ai pas de raquette, répondit-il, et je ne suis pas très bon, en plus.

Hamilton fronça les sourcils et attira le téléphone à lui. Il composa un numéro qu'il conservait dans son portefeuille.

—Derek, tu as un terrain de libre? À onze heures? Et as-tu une raquette supplémentaire?

Il couvrit le récepteur de sa main.

—Vous avez une tenue? demanda-t-il à Salter.

Ce dernier secoua la tête.

—Votre pointure de souliers?

Salter le lui dit.

—T'as des tenues en trop, Derek? Pointure de chaussures: neuf. Bien. On sera là.

Il reposa le combiné.

Trois quarts d'heure plus tard, ils étaient à trente kilomètres de là. Salter fut présenté au gardien d'un édifice de bois tout délabré au milieu d'un terrain de jeu détrempé.

—Et voici le Heart of England Police Athletic Club, annonça Hamilton.

Ils se changèrent dans une pièce dont l'état était bien plus lamentable que tout ce que Salter avait pu voir ailleurs qu'à Cabbagetown, le quartier pauvre où il avait grandi. Dans un coin, se trouvait une cabine d'acier rouillé.

—La douche, expliqua Hamilton.

Le terrain n'avait subi aucune modification depuis les années vingt, bien que les crevasses les plus profondes eussent récemment été colmatées avec du ciment.

Hamilton servit. Trois minutes plus tard, il demanda :

—Vous n'êtes vraiment pas bon, hein ?

—Je vous l'ai dit, répliqua Salter.

—Mais vous m'avez dit que vous y jouiez, à ce maudit jeu. Très bien. Je vais vous donner un cours. Pour commencer, tenez votre raquette comme ça. Bon. Maintenant, frappez !

Il instruisit Salter pendant vingt minutes, à la suite de quoi ils firent quelques balles avant d'aller se laver sous le filet d'eau tiède rouillée sortant du tuyau d'acier qui dépassait de la paroi de la cabine.

—J'ai entendu dire que Toronto était la capitale mondiale du squash, nota Hamilton sur le chemin du retour.

—Je réside en banlieue, se justifia Salter. Vous jouez au golf ?

Hamilton se mit à rire.

—Je vous ai énervé, hein ? Non. J'y ai joué, bien sûr, mais il y a trop de placotage pour moi. Demandez plutôt à Churcher.

◆

Les deux hommes étaient encore ensemble lorsque la jeune Américaine arriva après le déjeuner.

— Bon, mademoiselle Kryst, commença Hamilton. Vous n'aviez pas besoin de revenir. La police locale aurait pu prendre votre déclaration.

— Vous pensez que Mario a tué Dillon, c'est bien ça ? Vous vous trompez. Il ne ferait jamais une chose pareille. Je suis revenue pour l'aider. Ce n'est pas un meurtrier, pour l'amour du Ciel ! Non, vraiment pas.

Elle se mit à pleurer.

Hamilton s'appuya contre le dossier de son fauteuil.

— C'est un témoin, au minimum, et nous n'arrivons pas à le trouver. Nous avons pensé que vous pourriez nous aider. Nous n'accusons personne pour le moment, lui assura-t-il.

— Mais vous croyez qu'il s'est enfui ! cria-t-elle. Il n'a nulle part où aller. Il ne peut même plus travailler en Angleterre, maintenant que ce salaud à l'esprit mal tourné l'a viré.

— Monsieur Dillon est mort, fit remarquer Hamilton.

— Ça ne change rien à ce qu'il était.

Elle se remit à pleurer.

— Où est Mario ? Il n'est pas encore de retour en Italie.

— Je l'ignore. Il a dit qu'il allait retrouver des amis, essayer de se dénicher un boulot à temps partiel en attendant d'avoir un nouveau permis. Tenez. J'ai reçu une lettre de lui.

Elle lui tendit une enveloppe.

Hamilton en sortit la feuille de papier et haussa les sourcils.

— C'est en italien, bien sûr, précisa la fille. Mais tout ce qu'il me dit, outre des trucs qui ne concernent que nous deux, c'est qu'il me communiquera son adresse permanente dès qu'il en aura une.

— Il l'a écrite hier, nota Hamilton.

— Oui. Je l'ai reçue ce matin. Il n'aurait pas pu m'écrire ça s'il avait peur, vous ne croyez pas ?

— Pas d'adresse. (Hamilton examinait l'enveloppe sous toutes ses coutures.) Elle a été postée à Oxford. Merci, mademoiselle Kryst. C'est tout ce que nous avons besoin de savoir pour le moment. Je vous souhaite une bonne fin de séjour.

— Je vais rester ici, affirma-t-elle. Je veux m'assurer que Mario va bien.

Hamilton haussa de nouveau les sourcils avant de jeter un regard circulaire dans le bureau.

— Si vous avez besoin d'un endroit où rester, mademoiselle Kryst, ma femme et moi avons trouvé un bon hôtel, intervint Salter.

— Qui êtes-vous ?

— Je séjournais à Boomewood. Je suis en vacances, lui répondit Salter. Je m'occupe, pour passer le temps. Voulez-vous que je téléphone à l'hôtel ?

Cachée derrière son mouchoir, elle acquiesça. Elle attendit ensuite que Salter appelât le Plough puis lui confirmât qu'il y avait une chambre de libre pour elle. Il lui expliqua l'itinéraire. Sans un mot, elle ignora leurs au revoir, rangea son mouchoir et boutonna son imperméable, déterminée à garder ses distances avec les deux hommes.

Après son départ, Hamilton rompit le silence :

— Bon, c'est tout pour le moment. Que pensez-vous d'elle ?

— Elle n'a pas l'air idiote, répliqua Salter. Et elle semble avoir entièrement confiance dans ce serveur.

— Elle irait très certainement au-devant de pas mal de problèmes pour lui, renchérit Hamilton. Ce n'est pas tout le monde qui voudrait se trouver mêlé à ça. Ne perdons pas notre temps en potins. N'oubliez pas de demander à madame la fouine de parcourir le registre. Qu'avez-vous prévu pour cette après-midi?

—Quelle heure est-il?

—Une heure et demie.

Salter se dit qu'il avait tout juste le temps d'assister aux quatre dernières courses, à Burford.

—Je dois aller retrouver ma femme, mentit-il. Je reviens vous voir demain matin à la première heure.

◆

Dans la dernière course, Salter décida de parier une petite mise sur un outsider. Il tendit au *bookie* un billet de vingt livres en lui annonçant:

—Deux sur Valerie's Choice.

—Deux billets de dix sur Valerie's Choice, cria le *bookie*.

Salter tint le pari.

Valerie's Choice gagna à dix contre un; sur le trajet du retour vers l'hôtel, Salter se dit qu'il n'y avait rien, absolument rien d'aussi bon que d'avoir les poches pleines d'argent gagné au jeu.

À l'hôtel, Salter trouva Maud en train de prendre le thé avec Bonnie Kryst. Maud lui fit signe de ne pas s'approcher, aussi monta-t-il à sa chambre pour jeter ses bordereaux de pari dans les toilettes et faire un peu de rangement. Aucun signe d'Annie; il redescendit donc. Cette fois, Maud était seule.

—Ne la harcelez pas trop, Maud, dit Salter après s'être versé une tasse de thé. Elle est très bouleversée.

Maud regarda Salter pendant un bon moment.

— Je suis un peu plus sensible que vous semblez le croire, Charlie Salter. Je ne lui ai pas tiré les vers du nez, comme vous paraissez le penser, mais je l'ai consolée de mon mieux. Aimeriez-vous entendre son histoire, telle qu'elle me l'a racontée ?

Salter acquiesça. Il reposa un biscuit à la crème au chocolat à moitié mangé ; il avait soudain envie d'une tartelette au beurre.

— À mon avis, elle n'est pas amoureuse de Mario, commença Maud. Mais elle est son plus loyal défenseur. C'est peut-être un peu trop subtil pour un flic endurci, mais je vais m'efforcer de vous l'expliquer. Cela fait deux mois que Bonnie parcourt l'Europe et son voyage n'a pas été une partie de plaisir. Elle a failli se faire violer à Paris. Ça a été son expérience la pire, j'imagine. Elle raconte que le seul fait de se promener dans les rues la déprimait, à cause de tous ces hommes qui lui faisaient des avances. Et à Munich, dans un tramway, un homme lui a soulevé la jupe, et il a fallu qu'elle crie pour qu'il la laisse tranquille. Personne n'est venu à son secours. Elle s'est fait caresser à Stockholm, tripoter à Bruxelles et à Cannes, un chauffeur de taxi arabe lui a montré ses parties intimes pendant qu'elle cherchait de la monnaie pour le payer. Elle voyageait seule, vous voyez, et elle a une mine réjouie, qui est probablement le résultat d'une alimentation saine. Remarquez, ce genre de choses peut arriver à n'importe qui. Enfin : à condition, bien sûr, d'être une femme.

— Ça peut arriver à Boston ou New York, ou même à Toronto, si l'on marche suffisamment lentement. L'année dernière, Annie est tombée sur un exhibitionniste dans Avenue Road, mentionna Salter, loin d'être impressionné.

— Oui, mais les hommes européens semblent penser que les jeunes Américaines sont des proies faciles. Ils présument qu'elles sont venues en Europe parce qu'elles ont entendu parler des prouesses des hommes d'ici. Ils partent du principe qu'en voyageant seule, une femme fait savoir qu'elle est disponible.

— Vous ne la croyez donc pas névrosée?

— Non, pas du tout. Maintenant, écoutez la suite. Le seul pays où elle n'a eu aucun problème, c'est en Italie; j'avais pourtant entendu dire que c'était le pire.

— Il y a beaucoup d'Italiens à Boston. Peut-être qu'elle a l'habitude et qu'elle sait lire les signes. En plus, elle parle italien.

— Peut-être. En tout cas, quelle qu'en soit la raison, Bonnie adore l'Italie et tout ce qui est italien; quand elle est arrivée à Boomewood, elle y a trouvé la confirmation de ses préjugés favorables.

— En la personne de Mario?

— Oui, en la personne de Mario. Arrêtez de faire cette tête et laissez-moi finir. Mario a proposé de lui montrer Londres durant son jour de congé. Elle était un peu sur ses gardes, m'a-t-elle dit, mais il lui a fait passer la journée la plus merveilleuse qu'elle ait vécue depuis son arrivée en Europe. Ils se sont promenés dans Hyde Park, ont fait un tour en autobus à impériale et mangé du *fish and chips* chez Manzi's, dans Leicester Street. Sur le chemin du retour, ils se sont arrêtés dans un pub où ils ont bu de l'Amaretto.

— En se tenant la main?

— Probablement, Charlie. Et alors? Laissez-moi terminer. La fin de l'histoire est la partie la plus intéressante. Chacun a payé sa part pendant toute la journée ; elle avait donné son portefeuille à Mario afin de ne pas être obligée de prendre un sac à main. Quand ils sont rentrés, il l'a raccompagnée jusqu'à la porte de sa chambre et l'a embrassée pour lui souhaiter bonne nuit en la remerciant pour cette charmante journée. D'après elle, c'est le plus beau baiser qu'elle ait jamais reçu. Et c'est tout. Elle avait fixé les règles le matin et, à la fin de la journée, elle était prête à les réviser, mais Mario, lui, les avait acceptées et il s'y est tenu.

— Peut-être qu'il est impuissant, suggéra Salter.

— Oh, vous êtes vraiment con, Charlie !

— Désolé. Racontez-moi l'histoire du portefeuille.

— En effet, c'est important. Le lendemain matin, avant le petit déjeuner, Mario est venu la voir dans sa chambre. Elle l'a fait entrer pour que personne ne les voie parler sur le pas de la porte. Il était juste venu lui rapporter son portefeuille. Dillon l'a vu quitter la chambre de Bonnie, et vous connaissez la suite.

Salter attendit, puis demanda :

— Pourquoi est-ce si important, Maud ?

— Parce que, pour autant que Bonnie puisse en juger, Mario n'est pas un meurtrier. Il n'en est tout simplement pas capable.

— Cet argument ne convaincrait pas même un jury de romantiques, Maud. Elle est tout sauf un témoin impartial, non ? Croyez-vous à son histoire ?

— Oui, j'y crois, Charlie. Il ne m'est jamais rien arrivé de semblable, mais je suis persuadée que Mario est quelqu'un de bien.

— Je le leur dirai, au poste. Il se pourrait cependant qu'ils me foutent dehors en se tordant de rire.

Bon, maintenant, à moi : ils ont besoin de votre aide. (Il sortit le registre de Boomewood.) Regardez les noms inscrits sur ce registre, surtout ceux des personnes que vous avez rencontrées. Vous rappelez-vous si l'une d'entre elles avait quelque chose de bizarre ou d'inhabituel ?

Maud étudia lentement les pages du document.

— Mon souvenir est un peu vague, avoua Maud. Mais non, rien. (Elle feuilleta nonchalamment le registre dans tous les sens.) Je ne me souviens pas de celui-là, affirma-t-elle. C'est un peu bizarre, comme inscription.

Elle tourna le registre de manière à ce que Salter pût voir. Une semaine plus tôt, apparaissait une inscription séparée de l'inscription précédente par une ligne vierge. Il n'y avait aucun nom, juste « Salutations de Valdottavo » griffonné en gros caractères. Aucune adresse, aucune date.

— Vous souvenez-vous de quelqu'un venant d'Italie ?

— Non. Mais je n'ai aucun souvenir de certaines des autres personnes non plus. Peut-être que j'étais de sortie, ce jour-là.

Salter cocha l'étrange inscription.

— OK, fit-il. Allons prendre un verre. Je suis désolé de vous avoir blessée, Maud. C'est une belle histoire.

Maud fit une grimace et se leva.

— Vous pouvez vous rattraper en offrant un gin tonic à une vieille toupie. C'est un peu tôt pour un Amaretto ; sinon, c'est ce que j'aurais pris.

◆

— Aucun signe de vie du frère ? demanda Salter
à Hamilton le lendemain matin.

— Pas encore. Mais on finira par l'attraper.

Malgré lui, Salter avait été impressionné par la
conviction de Maud. Il raconta à Hamilton l'histoire,
sur un ton aussi neutre que possible.

— Et si on découvrait qu'il cachait un couteau
dans sa botte ? demanda Hamilton.

Mais il avait lui aussi écouté attentivement le
récit.

Salter haussa les épaules et sortit le registre de
Boomewood.

— Maud Beresford n'a pas été très utile sur ce
chapitre, je le crains. Elle ne se souvenait de rien
d'étrange à propos de ces personnes. Elle a cependant
remarqué ça.

Il montra à Beresford l'inscription italienne.

— Quel dommage que ça n'ait donné rien de
plus ! J'ai fait circuler la photo de Dillon. On va
peut-être dénicher quelqu'un qui l'a connu quand
il était dans la clandestinité. Si on pouvait arriver à
reconstituer un peu de son passé, peut-être qu'on
trouverait quelqu'un qui nous suggérerait une piste.
En attendant, allons à Boomewood. Peut-être que
madame Dillon en aura un peu plus à nous dire. Elle
s'est calmée, maintenant, mais elle est manifestement
terrifiée à l'idée qu'on puisse trouver son frère.

— Quelle est sa version des faits, maintenant ?

— La même qu'au début. Elle est allée voir
Roméo et Juliette et est rentrée chez elle un peu
après minuit. Elle a vu de la lumière dans le bureau ;
elle y est donc entrée, et elle a trouvé Dillon
poignardé, étendu sur le sol. Elle a tout de suite eu
peur que ce soit son frère qui l'ait fait et elle a

paniqué. Elle est partie en voiture en direction d'Oxford parce qu'elle pensait savoir où le trouver – on a vérifié, il n'y est pas. Ce qu'elle voulait, c'était le protéger, de quelque manière que ce soit, et l'aider à fuir, peut-être.

—Et le couteau ?

—Elle ne se rappelle aucun couteau. Elle n'en a pas touché un seul, en tout cas. Venez avec moi, vous pourrez lui parler vous-même.

Ils furent interrompus par Churcher.

—J'ai pensé que vous aimeriez savoir, Charles, qu'on a trouvé votre voyeur, annonça-t-il. L'agent Dakin l'a attrapé la nuit dernière au motel situé près du rond-point.

—Qu'est-ce que c'est que cette histoire ? s'enquit Hamilton.

Salter le lui expliqua.

—Comment savez-vous que c'est bien lui ? demanda-t-il à Churcher.

—Vous n'aurez pas beaucoup de doutes, je pense, quand vous le verrez, déclara Churcher, triomphant et mystérieux. Est-ce que je le fais entrer ?

Hamilton avait l'air amusé.

—Mais certainement, répliqua-t-il. Peut-être qu'il va nous raconter ce qu'il a entendu. À moins que « Charles » préfère qu'il s'abstienne…

—Agent ! cria Churcher. Venez ici, je vous prie. Avec l'accusé.

Un agent en uniforme entra dans le bureau ; il tenait Gregory. Il n'y avait plus rien du Lèche-botte dans ce jeune homme effrayé qui cherchait la pitié sur les visages des policiers se trouvant dans la pièce.

—Je ne sais pas ce qui m'a pris, se récria-t-il immédiatement. Je m'étais arrêté une minute et

j'ai entendu ces gens parler. Et c'est là que l'agent,
d'une façon totalement inexplicable, bien sûr, m'a
attrapé et emmené ici.

— Qu'est-ce qui vous fait croire qu'il espionnait,
agent ? demanda Hamilton.

— Il était en état d'intense excitation sexuelle,
monsieur, répondit l'agent. L'horrible petit salaud !

— J'étais pris d'un besoin pressant, monsieur,
se défendit Gregory. J'étais en train de pisser un coup.

— Agent ?

— C'est faux, monsieur. Il avait bien du plaisir.

— Très bien. Laissez-nous maintenant, agent.
Ne vous éloignez pas trop au cas où ce démon de-
viendrait incontrôlable. (Il adressa un sourire au
pathétique Gregory.) Asseyez-vous, Churcher, pendant
qu'on l'interroge. C'est votre affaire.

Churcher prit un siège ; il avait l'air surpris et
content. Du regard, Gregory se cherchait une chaise
pour lui aussi.

— Ne bouge pas, mon petit gars, hurla Hamilton.
Quel âge as-tu ?

— Dix-huit ans, monsieur. Je viens juste de les
avoir.

— Bien. Tu es un homme. Connais-tu la peine
encourue pour outrage à la pudeur ?

— Non, monsieur.

— Et pour intrusion illicite ? Et pour atteinte à
la vie privée ?

— Non, monsieur.

— Tu seras fichu dans le coin, mon petit gars.
Bon. Tu as aussi écouté à la fenêtre de monsieur
Salter pendant son séjour à Boomewood, n'est-ce
pas ?

— Non, monsieur.

—Oui, monsieur, le corrigea Hamilton. En fait, tu as passé pas mal de temps à écouter aux fenêtres des chambres de Boomewood, non ?

—Non, monsieur.

—Oui, monsieur, rectifia encore Hamilton. Tu as entendu beaucoup de choses que tu aimerais nous raconter, n'est-ce pas ?

—Non, monsieur.

—Oui, monsieur. Je veux que tu réfléchisses bien, mon petit gars. Parce que si ça se trouve, tu es en possession de preuves essentielles – essentielles pour nous – dont la signification t'échappe peut-être. Connais-tu le principe du témoin transfuge, mon garçon ? Cela veut dire qu'en contrepartie de ta coopération, nous ferons de notre mieux pour que ton cas soit réglé avec clémence.

En dépit de la pitié qu'il éprouvait somme toute pour Gregory, Salter faillit éclater de rire. Il imaginait les manchettes : « L'exhibitionniste devient informateur ». Son regard croisa celui de Hamilton, ce qui eut pour effet de le ramener sur terre.

—Bien, fit Hamilton après avoir laissé suffisamment de temps à Gregory pour réfléchir. Tu as bien écouté aux fenêtres des chambres de Boomewood, n'est-ce pas ?

—J'ai parfois entendu des choses quand je passais devant les fenêtres pour aller me coucher, monsieur. Ma chambre était au-dessus du garage.

—Nous y sommes. Tu as effectivement entendu monsieur Salter, un soir, c'est bien ça ?

—J'ai entendu quelque chose, oui, monsieur.

—Quoi ?

—Hé ! protesta Salter.

Hamilton l'ignora.

— Je ne veux pas connaître les détails obscènes, mon petit gars, poursuivit-il. Tout ce dont je veux m'assurer, c'est que tu as bel et bien pu comprendre les mots. Ne me dis pas les mots en question.

— Je peux dire plus que ça, monsieur. (Là, Gregory regarda Salter.) J'ai entendu la voix d'un autre homme dans votre chambre.

— Quoi !

— Oui, monsieur. Un autre homme, avec un drôle d'accent, qui parlait à une certaine Nancy.

Hamilton se tourna vers Salter, qui confirma :

— Vous pouvez me croire sur parole, c'est vrai. Je vous expliquerai plus tard. Enfin, peut-être. Continuez.

— Parfait, mon garçon. Oublie les aventures qui se sont produites dans la chambre de monsieur Salter et soulage ta conscience de toutes les autres obscénités que tu pourrais avoir entendues. Raconte-nous tout, vraiment tout ce que tu as entendu et que tu penses que nous devrions savoir. En particulier tout ce qui concerne ton ancien employeur, monsieur Dillon. Au cours de tes trajets, l'as-tu entendu dans la chambre de madame Rundstedt ?

— Oui, monsieur.

— Je vois. Elle est devenue sa maîtresse pendant son séjour ici, c'est ça ?

— Je l'ignore, monsieur. En fait, ils semblaient surtout passer leur temps à parler. Je n'ai pas pu saisir grand-chose de ce qu'ils se racontaient, mais ça n'avait pas l'air d'être une conversation amoureuse, monsieur.

Salter, qui commençait à surmonter sa gêne de tantôt, se remit à rougir ; mais personne ne le regardait.

Gregory poursuivit :

— Et ce n'était pas le seul à venir lui rendre visite, monsieur. Un soir, je l'ai entendue avec un autre homme. Et avec celui-là, elle s'envoyait vraiment en l'air.

— Mario ? supposa Hamilton.

— Non, monsieur. J'aurais reconnu la voix de Mario. Je ne connaissais pas cet homme, mais il n'était pas Italien. Anglais, je dirais.

— Un client ?

— Si c'est le cas, je ne l'ai pas reconnu, monsieur.

— Et vous avez entendu autre chose, récemment ?

— Non, monsieur.

— Réfléchis encore, mon petit gars. La veille de la dispute, quand Mario s'est fait virer. As-tu entendu quelque chose dans une des chambres ?

— Vous voulez dire la chambre de mademoiselle Kryst, monsieur ? Non, rien. Mais ils ont peut-être été très silencieux. Il était dans sa chambre le lendemain matin, non ?

— Ah oui ? D'après ce que j'ai compris, il n'y était pas. En tout cas, pas d'une façon qui intéresse les épieurs. Bien. Maintenant, je veux que tu regardes ce registre. Tu as parfois servi à table, le matin. Te rappelles-tu avoir remarqué ou entendu quoi que ce soit d'anormal concernant ces personnes ?

Gregory examina attentivement la liste de noms.

— Non, monsieur, finit-il par dire.

— Et ça ? demanda Hamilton en lui montrant l'inscription « Salutations de Valdottavo ». Te souviens-tu s'il y a eu des Italiens, récemment ?

— Non, monsieur. À ma connaissance, personne n'est venu d'Italie récemment.

Il était manifeste que Gregory avait désespérément envie de faire plaisir à Hamilton et qu'il se creusait les méninges pour trouver n'importe quelle bribe de souvenir qui aurait pu être utile, car l'attitude de Hamilton lui laissait entrevoir une petite lueur d'espoir. Bien qu'il fût encore pâle, il était presque redevenu maître de lui.

—Très bien, mon petit gars. L'inspecteur Churcher va s'occuper de toi. Allez, va-t'en.

Le garçon essaya de sourire à Hamilton puis se dirigea vers la porte. Au moment où Churcher se levait pour le suivre, Hamilton déclara :

—C'est votre affaire, Churcher, mais je serais heureux que vous trouviez un moyen de régler le cas de ce morveux sans l'inculper. S'il se retrouve devant le tribunal du coin, le vieux Beldin sera très dur avec lui. Ça ne l'aidera pas, ce garçon.

—C'est très sérieux, monsieur. L'affaire est vraiment grave, protesta Churcher.

—Oui, bien sûr. Mais pour le moment, c'est beaucoup plus grave pour lui que pour vous. Personne ne porte plainte contre lui, n'est-ce pas, Salter ? Je pense qu'il est de notre devoir d'aider autant que de punir, ne croyez-vous pas, inspecteur ? Tout le monde se passerait le mot et l'appellerait « le branleur de Tokesbury ». Vous ne trouvez pas qu'il a eu son compte ?

—Oui, monsieur. Je vais m'informer sur les services de conseil qui existent pour aider les gens comme lui. On pourrait peut-être lui recommander de quitter la région.

—Très judicieux, Churcher. En outre, si on lui laisse la bride sur le cou, il va peut-être se rappeler autre chose.

La porte se referma.

—Bon. Allons avoir cette petite conversation avec madame Dillon, déclara Hamilton.

—Attendez une minute, intervint Salter. Faites revenir ce gamin.

Lorsque Churcher réapparut avec Gregory, Salter déclara :

—C'est très important, Gregory. Rien ne manque et rien n'a été volé, mais j'aimerais savoir s'il t'est arrivé d'entrer dans la chambre des clients. Dans la mienne, par exemple.

—Non, monsieur, jamais, répondit promptement Gregory. Monsieur Dillon était très strict sur ce plan. Il nous avait dit que s'il surprenait quelqu'un d'autre que madame Peabody dans les chambres, il le foutrait à la porte sans références. Mais je viens juste de me rappeler quelque chose qui vous concerne, monsieur. Monsieur Dillon savait que vous étiez policier. Une fois, je l'ai entendu évoquer au téléphone le « flic de Toronto ». Ça ne pouvait être que vous, monsieur.

—Très bien, mon petit gars, va-t'en maintenant, lui ordonna Hamilton en se tournant pour poser un regard interrogatif sur Salter.

—Quelqu'un est venu dans ma chambre pour examiner mon passeport, expliqua Salter.

—Dillon ?

Salter haussa les épaules. Hamilton rumina un moment puis s'empara de son manteau qui était posé sur une chaise, à côté du bureau. C'était un énorme vêtement informe plein de poches qui semblait fait en toile goudronnée. Hamilton intercepta le regard de Salter sur son manteau et sourit :

—Ma femme prétend que je l'ai pris sur le cadavre d'un braconnier, lui dit-il. C'est faux. Je l'ai trouvé chez Oxfam.

◆

Hamilton gara son auto près de l'hôtel et emmena Salter dans un café qui se trouvait en face du Boomewood. Ils rejoignirent un jeune ouvrier qui lisait le journal, attablé près de la vitrine.

— Alors, on casse la croûte ? lui demanda Hamilton.

— Oui, monsieur. Dans ce genre de boulot, ce n'est pas tous les jours qu'on trouve un endroit qui sert un café correct. D'habitude, je dois apporter mon thermos.

— Bon. Dites-nous ce que vous avez vu ce matin. (Hamilton se tourna vers Salter.) C'est pratique. Ça m'évite de mettre un homme supplémentaire.

— Madame Dillon est toujours dans l'hôtel. Je ne l'ai pas vue ce matin, mais elle a eu de la visite. Une fille est arrivée il y a environ une demi-heure, avec ses bagages. C'est sa voiture, là, de l'autre côté de la rue, celle qui est mal stationnée.

— Bonnie Kryst, dit Salter.

— Oui, monsieur. Hayes l'a suivie là-bas, bien sûr. Puis on a joué ça à pile ou face et il a quitté son service. Il fallait qu'il accompagne sa mère à la clinique, rapport à sa jambe.

— OK, fiston. Nous allons là-bas pour avoir une petite conversation avec madame Dillon. À plus tard.

— Entendu, monsieur. Pendant que vous êtes dans l'hôtel, puis-je faire un saut au poste pour aller me chercher un chandail ? Il fait vraiment froid, au coin de la rue, là-bas.

— Je te donne quinze minutes. OK ?

— Merci, monsieur.

Dès qu'ils furent sortis du café, Salter demanda à Hamilton :

— Vous gardez un œil sur tout le monde ?

— Je recherche Mario, Salter. Je vous ai expliqué pourquoi j'avais relâché madame Dillon. Si Mario est notre homme, il y a une chance pour qu'il entre en contact avec elle ou avec cette Kryst, voire qu'il soit déjà en contact avec l'une d'elles. Vous saisissez ?

Salter se demanda s'il y avait encore beaucoup d'opérations en coulisse du même genre. Sa perception de Hamilton changeait, lui qui croyait que le surintendant se contentait de rester assis à son bureau à attendre que ça se passe.

C'est Bonnie Kryst qui ouvrit la porte et fit entrer les deux policiers dans le hall. Elle attendit qu'ils prennent la parole avec l'air de quelqu'un qui faisait partie de l'hôtel.

— Nous aimerions avoir votre aide, mademoiselle Kryst, fit Hamilton. Madame Dillon ne parle pas suffisamment bien anglais, et j'ai besoin d'une interprète.

— Maria ne sait pas où est son frère, et moi non plus, rétorqua Bonnie Kryst sans les inviter à entrer plus avant dans l'hôtel.

— Ce n'est pas pour son frère que je suis là. Je veux seulement poser à madame Dillon quelques questions sur les derniers jours.

Bonnie Kryst fit demi-tour et traversa le hall en direction de la cuisine. Quelques minutes plus tard, elle ressortit et les conduisit à madame Dillon. Celle-ci était assise à une table ; elle avait l'air inquiète. Elle dit quelques mots en italien à la jeune Américaine, qui répondit d'un ton apaisant.

— Peut-on s'asseoir ? demanda Hamilton.

La jeune fille traduisit; madame Dillon approuva d'un signe de tête, elle leur désigna deux chaises autour de la table et s'assit également. Hamilton sourit à madame Dillon qui se rongeait compulsivement les ongles, puis se tourna vers la jeune fille.

— Avant tout, mademoiselle Kryst, je veux savoir si madame Dillon peut nous dire quelque chose sur la vie de son mari depuis 1944. Ça ne date pas d'hier, je sais, mais dans l'hypothèse où son frère serait innocent (Hamilton fit une pause emphatique après le mot), nous devons donc supposer que quelqu'un a tué son mari pour des raisons que nous ignorons. Nous pensons que ce dernier attendait peut-être la visite de la personne qui l'a tué et qu'ils ont parlé pendant un moment avant que monsieur Dillon ne soit assassiné. Nous savons qu'il était un déserteur et qu'il a vécu sans pièces d'identité officielles pendant trente ans, mais que faisait-il donc ?

Hamilton s'appuya contre le dossier de sa chaise et attendit pendant que la jeune fille traduisait.

Madame Dillon commença par secouer la tête, puis elle parla pendant un moment. Bonnie Kryst traduisit :

— Elle ne l'a rencontré qu'il y a deux ans. Il était à Valdottavo pendant la guerre. Seules une ou deux personnes âgées se souviennent de lui, là-bas. Quand il est revenu faire son pèlerinage à Valdottavo, il prenait tous ses repas à Lucca, au restaurant où travaillait Maria, et il s'est mis à lui faire la cour. Il s'est absenté quelques jours et quand il est revenu, il lui a demandé de l'épouser et de venir avec lui en Angleterre. À l'exception de son frère, elle était seule. Son mari était mort. Elle a donc accepté. Il l'a emmenée ici et ils ont ouvert cet établissement. Ensuite, il s'est arrangé pour que son jeune frère… (là, Bonnie Kryst s'empourpra légèrement)… vienne leur donner un coup de main et apprendre l'anglais. Ils étaient très heureux jusqu'à maintenant. Elle dit vouloir rester ici, mais la police ne le lui permettra sans doute pas.

—Dites-lui que la police ne peut pas l'en empêcher. Elle est citoyenne britannique, désormais.

Madame Dillon réagit à ces nouvelles en posant une nouvelle question :

—Et son frère ? Peut-il rester ?

—S'il n'a rien à voir avec cette affaire, je pense que oui. Je me renseignerai mais, à mon avis, madame Dillon peut le parrainer, comme son mari l'avait fait.

Madame Dillon cessa de se ronger les ongles pour adresser avec empressement quelques mots à Bonnie Kryst, qui sourit et lui posa la main sur l'épaule.

Ils en revinrent à la question initiale de Hamilton. Après une tirade de madame Dillon, Bonnie Kryst déclara :

—Elle ne se rappelle pas si son mari a mentionné d'éventuels ennemis. Elle ne sait pas ce qu'il a fait avant son arrivée à Lucca. Il lui a dit qu'il était dans les affaires. Selon elle, c'était un homme bien. Dans son testament, il lui lègue tout, et elle est déjà copropriétaire de l'hôtel. Il était bon avec son frère aussi, jusqu'à ce que tout ça se produise.

Madame Dillon parla brièvement et avec passion.

—Elle dit que Dillon l'adorait et qu'il n'a jamais regardé une autre femme. Mais dernièrement, il était devenu un peu fou, et elle pense que cette Rundstedt devait en être la raison. D'après elle, Rundstedt est sans aucun doute une prostituée.

— Pourquoi a-t-il renvoyé Mario?

— Elle dit que son mari ne tolérait pas de cou-
cheries dans son hôtel. Aucun couple non marié ne
pouvait y avoir de chambre. Il avait dès le début
averti Mario de ne jamais coucher avec des clientes,
et Mario ne l'a jamais fait. Quand Dillon a vu Mario
sortir de ma chambre, il a perdu son sang-froid.

Hamilton réfléchit un moment.

— Efforcez-vous de poser la question avec délicatesse, mademoiselle Kryst, mais j'aimerais être
absolument sûr que Dillon n'était pas un coureur
de jupons. Est-ce qu'elle ou Mario l'ont déjà soup-
çonné auparavant d'avoir une aventure avec une
cliente?

Lorsque la question lui fut traduite, madame
Dillon répondit longuement.

— Jamais, affirma Bonnie Kryst. Elle dit que
son mari l'aimait, et c'est pour cela qu'elle pense
que tout est la faute de cette Rundstedt.

Madame Dillon protesta à la mention du nom
de Rundstedt. Bonnie Kryst eut l'air perplexe; les
deux femmes épiloguèrent sur le sujet pendant
quelques minutes, puis Bonnie Kryst rougit.

— D'après elle, une femme comme madame
Rundstedt a des… arguments. C'est plus ou moins
ce qu'elle dit.

— Mademoiselle Kryst, Dillon était peut-être un
homme bien, mais sa réaction était un peu violente.
Avait-il déjà manifesté des signes de colère comme
ça, par le passé?

Une fois encore, les deux femmes discutèrent à
qui mieux mieux.

— Elle trouve, elle aussi, que c'était un peu violent.
C'était étrange, et ils en ont été choqués. Mario

trouvait que c'était hypocrite de sa part. Il n'avait pas l'intention de lui dire, mais Dillon l'avait mis en colère. Après, il m'a avoué qu'il était désolé parce qu'il avait causé de la peine à sa sœur.

— Il vous a dit ça?

— Oui. Quand il est parti. Pour être franche, Dillon m'a tout l'air d'être un cas de comportement obsessionnel.

— Ah oui? Pour ma part, je ne me prononce jamais sur les forces psychologiques, mademoiselle Kryst. Les théories qu'il y a derrière tout ça semblent aussi primitives que la médecine du XVe siècle. Cependant, je vois que vous comprenez ce que je cherche: je m'efforce d'en apprendre un peu plus sur cet homme, de savoir qui il est, ce qu'il a fait pendant les trente ans durant lesquels on a perdu sa trace et ce qui a pu provoquer ces récents changements dans son caractère, comme on dit. J'aimerais avoir des faits concrets, si possible. Des inconnus sont-ils apparus? Y a-t-il eu des coups de téléphone, des lettres, quelque chose qu'il semblait vouloir garder pour lui? Il ne me reste qu'une question à poser avant de vous laisser. Je ne veux pas de réponse définitive tout de suite. Je vous demande seulement de bien vouloir parler à madame Dillon et de lui expliquer combien il est important que nous trouvions d'autres suspects que son frère. Je reviendrai cette après-midi pour recueillir tous les éléments que vous aurez obtenus. Bon, voici donc ma dernière question: demandez-lui de jeter un coup d'œil à ce registre et de me dire si quelque chose lui revient en mémoire, si elle a remarqué quoi que ce soit d'inhabituel à propos d'un client.

La jeune fille traduisit; madame Dillon se pencha avec empressement sur le document. Presque aussitôt, elle mit le doigt sur l'inscription relative à Valdottavo. Elle se leva prestement pour aller ouvrir un tiroir du comptoir ; elle tâtonna un moment au fond du tiroir et en ressortit une carte postale. C'était une vue de Lucca, en Toscane. Au dos, figurait un message : « Salutations de Valdottavo », et c'était signé « Johnny ». La carte avait été postée à Firenze.

Bonnie Kryst les renseigna :

—Cette carte est arrivée il y a un mois. Son mari l'avait jetée, mais plus tard elle l'a retrouvée au fond de ce tiroir. Elle a demandé à son mari qui était ce Johnny, mais il a répondu qu'il n'en savait rien. Et puis un jour, il y a eu cette inscription dans le registre : personne n'a su comment elle était arrivée là. Son mari a semblé contrarié, mais tout le monde a vite oublié cet incident. Il a dit que ça devait être une plaisanterie. Maintenant, elle pense que c'est à partir de ce moment-là que son mari est devenu étrange.

—N'allons pas trop vite en besogne, mademoiselle Kryst. C'est probablement une blague qui a fait long feu. Très bien. Continuez à parler avec elle, je vous prie. Je reviendrai recueillir les renseignements que vous aurez obtenus.

◆

—Chantage ? suggéra Salter dans la voiture.

—C'est possible. Une personne qu'il ne souhaitait pas voir est venue le tourmenter. Mais une rencontre était prévue pendant que sa femme était au théâtre. Une liasse de mille livres avait été préparée. L'argent de Dillon ? Bon. Vous pensez que ça a un rapport avec ce type d'Italie ?

—S'il existe, il était en ville la semaine dernière. Il n'a pas séjourné à Boomewood, mais il se peut qu'il soit sur le registre d'un autre hôtel.

—Nous allons y jeter un coup d'œil, évidemment. Et aussi à… (Hamilton relut la carte qu'il avait empochée) Valdottavo. Peut-être que la *gendarmerie** locale pourrait dénicher quelque chose pour nous aux alentours de la date à laquelle le gars a envoyé cette carte.

—Les *carabinieri*, rectifia Salter.

—Quoi ?

—Les *carabinieri*, pas la *gendarmerie*.

—Vraiment ? Vous en savez, des choses, vous autres ! Ça doit être très pratique pour les mots croisés. Bon, il faut que je retourne au boulot. Le crime n'attend pas ! Je vais envoyer un message à Valdottavo, aux *carabinieri*, et je vais faire la tournée des hôtels. (Hamilton s'arrêta devant le poste de police.) Eh bien, Salter, je sais que vous vous amusez bien, mais je ne voudrais pas continuer à foutre vos vacances en l'air. Repassez me voir demain ; je vous dirai s'il y a du nouveau.

Il fit un signe de tête pour demander à Salter de sortir de la voiture.

Et ce fut tout. Sur le trottoir, Salter se sentit idiot, abandonné. Mais, d'un autre côté, il savait qu'il ferait aussi bien de profiter de l'occasion pour réfléchir à ses vacances. Le temps était toujours pluvieux ou nuageux et leur périple était suspendu. Dans l'ensemble, comme l'avait souligné Salter, l'intermède offert par Boomewood avait eu de bons côtés ; il aurait en effet rapidement perdu son entrain et sa bonne humeur s'il avait dû se soumettre à un régime de visites d'abbayes sous la pluie, et par chance Annie avait trouvé en Maud (et, à l'occasion, en Henry) la compagnie idéale pour le genre de visites qu'elle affectionnait. Mais le moment était venu pour lui de faire un effort.

Le sergent apparut sur le pas de la porte du poste de police, comme s'il l'y avait convoqué. Salter lui exposa son problème.

—Stratford, affirma le sergent. Il y a un peu de route à faire, mais vous devriez arriver à temps pour la première course. Freddy Tinsdale en a un qui court dans la troisième. Il en prépare toujours un pour Stratford.

—Ça ne marchera pas, sergent, soupira Salter. Mais ça me donne une idée.

Il alla acheter un journal dans lequel il chercha les programmes des théâtres. Il passa ensuite un coup de téléphone pour réserver quatre places pour une représentation en soirée de *La mégère apprivoisée*, pièce dont Salter ignorait tout, mais cela n'avait aucune importance : Annie serait contente. Il reprit son auto pour retourner au Plough, où il déposa son cadeau devant les trois autres bières et sandwiches à la langue.

—Comme c'est gentil ! s'exclama spontanément Maud. Je connais un peu Stratford, mais ça me fait plaisir d'y retourner. Nous vous invitons à dîner, n'est-ce pas, Henry ?

La joie illuminait ses épaisses lunettes.

Lorsqu'ils quittèrent l'hôtel après le déjeuner, la pluie s'était transformée en une brume épaisse. Comme ce n'était pas jour de marché, ils trouvèrent à se stationner sur la place et purent commencer à visiter les vestiges préservés du lieu où Shakespeare avait vu le jour.

Salter ne parvenait pas à ressentir ce qu'il était censé éprouver ; en fait, il trouvait difficile d'éprouver quoi que ce fût. En tant que membre de la cohorte des centaines de milliers de touristes qui avaient foulé ces lieux, il était davantage conscient de l'énorme industrie qu'avait engendrée Shakespeare que du sentiment de respect dû à l'histoire dont étaient imprégnées ces pierres. Il gardait un souvenir ténu mais vivace de passages des quelques pièces qu'il avait étudiées, mais ce n'était pas suffisant pour que ce lieu de pèlerinage lui parlât de manière immédiate et il était insensible à l'apparente vénération religieuse de ses congénères. En l'absence de réaction personnelle, il décida de s'en abstenir plutôt que d'en stimuler une artificiellement.

Ils visitèrent le jardin et la maison de Shakespeare, ainsi que quelques autres édifices marquants, sans que Salter désirât s'y attarder. Et puis, dans l'église, où il était entré avant les autres, il se trouva de façon impromptue face à la fameuse inscription qui commence par « *Good friend, for Jesus' sake forbeare* ». Là, le souffle coupé, il sentit le sol trembler légèrement sous ses pieds en entendant la voix de celui qui avait écrit ces vers lui parler à l'oreille. Il voulut alors faire demi-tour et recommencer tout le circuit, seul ; mais les autres l'avaient rattrapé et il laissa filer l'instant.

Lorsqu'ils sortirent de l'église, Salter consulta sa montre. Il tâta ostensiblement ses poches d'un air inquiet en annonçant qu'il avait perdu son portefeuille, qu'il était sûr de l'avoir laissé dans la voiture, que les autres n'avaient pas à s'inquiéter, qu'il allait juste faire un saut pour vérifier, à la suite de quoi il disparut en direction de la place, où il avait remarqué plus tôt un bureau des paris. Il ne lui fallait pas plus de deux minutes pour vérifier la liste des entraîneurs dans la troisième course, trouver le nom du cheval de Freddy Tinsdale – qui s'avéra s'appeler Montague Road – et miser précisément cinq livres. Il alla rejoindre les autres au petit trot, sans manquer de brandir son portefeuille.

Après un assez bon dîner dans un restaurant francisant, ils se rendirent tranquillement au théâtre en longeant la rivière. Une fois qu'ils furent arrivés, Salter s'installa pour faire un petit somme, mais il fut réveillé avant le lever du rideau par un ivrogne qui, trois rangées devant lui, terrorisait deux nonnes. Les ouvreuses semblaient avoir du mal à le maîtriser, aussi Salter se leva-t-il pour aller leur prêter main-forte, mais Maud le retint; l'ivrogne s'échappa puis réapparut sur scène, ce qui fit rire tout le monde. Salter comprit alors qu'il était l'un des derniers spectateurs à se rendre compte que l'ivrogne était un des personnages principaux de la production. Désormais complètement réveillé, il se trouva plongé tout entier dans la pièce et particulièrement séduit par les costumes : non pas les collants et culottes bouffantes auxquels il s'attendait, mais d'élégants costumes sombres et des lunettes noires qui évoquaient l'Italie contemporaine et le firent songer à la filière italienne du meurtre de Tokesbury Mallett.

À la fin de la pièce, la métamorphose de Kate qui, de mégère, s'était transformée en épouse docile était si choquante qu'ils ne prononcèrent pas un mot jusqu'à ce qu'ils fussent assis dans la voiture. Maud fut la première à rompre le silence :

— Il ne nous laisse pas beaucoup de choix, non ?

—Qui ? demanda Henry.

—Shakespeare. Est-ce que cette pièce – ou plutôt cette production, devrais-je dire – était une attaque des femmes ou de la libération des femmes, ou que sais-je d'autre ? J'aimerais parvenir à me faire une opinion.

—Ça te laisse un bon choix, semble-t-il, nota Henry.

Mais personne ne semblait disposé à en parler davantage. Après un moment, Salter, qui avait réfléchi à ses expériences dans l'église et au théâtre, déclara :

—Il n'est pas mort, n'est-ce pas ? Je veux dire qu'il est vraiment encore vivant.

Il avait fait ce cheminement tout seul ; personne ne lui fit remarquer qu'il était maintenant comme tous ces autres pèlerins qui l'avaient fait avant lui.

◆

Montague Road gagna à treize contre deux. Tout ce que Salter avait maintenant à faire, c'était de se concocter un prétexte pour revisiter Stratford afin d'aller chercher ses quarante livres de gain. *Je pourrais voyager dans toute l'Angleterre en vivant de mes paris*, se dit-il.

Ils avaient du linge à laver ; Annie et Salter se rendirent donc à Tokesbury Mallett. Salter passa au poste de police pendant qu'Annie regardait les laveuses tourner.

Churcher avait repris possession de son bureau, où il s'affairait à rattraper le travail accumulé.

—Ça n'a rien donné avec les hôtels, l'informat-il. En Italie non plus. Aucun Anglais prénommé

Johnny ne s'est inscrit dans un hôtel près de Valdottavo récemment. C'est une fausse piste. Le surintendant Hamilton croit que c'est probablement une blague d'initiés entre vieux copains. En tout cas, c'est une impasse. Nous nous concentrons donc sur une enquête générale pour voir si nous pouvons trouver quelque chose dans le passé de Dillon. Ça va prendre du temps, j'en ai bien peur. Quoi qu'il en soit, je pense que le frère est sans doute notre homme. Toujours aucun signe de lui ; plus il tarde à refaire surface, plus il est probable que c'est lui. Je suis du même avis que le surintendant. Au fait, il m'a chargé de vous transmettre ses salutations et il vous souhaite une bonne fin de vacances.

Ah oui, vraiment ? pensa Salter. *Et c'est tout ?* Il avait à l'esprit plusieurs démarches qu'il entreprendrait si c'était son enquête, mais il hésitait à faire des suggestions. Hamilton connaissait parfaitement son métier. Mais maintenant, il se souciait davantage de Churcher, qui était très froid. Mais qui ne le serait pas, en pareilles circonstances ?

— Je suis désolé que nous n'ayons jamais honoré votre invitation à dîner, Charles, fit-il. Nous sommes sur le point de partir, je pense, alors je vais prendre une contremarque dessus si c'est possible.

— Vous allez prendre une quoi ?

— Je veux dire que vous reconduirez peut-être votre invitation si jamais nous revenons dans la région ?

— Oui, bien sûr. Maintenant, veuillez m'excuser, j'ai pas mal de pain sur la planche ce matin.

Salter accepta la rebuffade et quitta le poste après avoir échangé des félicitations avec le sergent puis retourna à la laverie. Une idée germait dans son esprit.

—Il pleut toujours, fit-il remarquer à Annie.

—On n'a qu'à continuer, Charlie. Pour la région des lacs, la météo annonce des averses intermittentes. Même ça, ça fera changement.

—Combien de temps doit-on attendre encore ?

Salter désignait la sécheuse qu'Annie remplissait maintenant de linge.

—Trois quarts d'heure.

—Je reviens tout de suite.

L'agent de voyages était un Tweedledum : il consacra une demi-heure à expliquer à Salter comment il pourrait faire ce qu'il souhaitait. Salter retourna à la laverie armé de brochures et de tarifs.

—Que dirais-tu d'aller passer trois jours à Florence ? demanda-t-il sans préambule. Trois jours de soleil et de vin ; quand on reviendra, ce sera peut-être le printemps.

Annie s'assit sur le banc et regarda fixement Salter.

—Pourquoi Florence ? s'enquit-elle.

—Parce qu'il y fait beau en ce moment, parce que tu vas adorer et parce que j'ai trouvé un forfait qui comprend le vol au départ de Birmingham, l'hôtel et la voiture.

—Waouh ! C'est cher ?

—Selon moi, c'est donné.

—Quand ?

—Demain matin.

—Laisse-moi réfléchir.

Mais l'idée l'avait rapidement séduite ; elle donna donc son accord dans l'auto, quand ils reprirent le chemin de l'hôtel. Au déjeuner, ils annoncèrent leur voyage aux Beresford et proposèrent un petit dîner d'adieu pour le soir même.

— Je veux y aller, affirma Maud.

— Dieu du ciel ! s'écria Henry. Regardez ce que vous avez fait, Charlie ! Vous l'avez ensorcelée et, maintenant, elle croit que nous sommes riches.

Les Salter étaient embarrassés. L'argent n'était pas un de leurs soucis majeurs ; comparativement aux normes anglaises, Salter gagnait largement sa vie. En outre, Annie disposait d'un fonds en fiducie en plus des revenus de son travail. Ils étaient cependant conscients que le budget des Beresford pouvait être plus serré que le leur et ils ne se sentaient pas à l'aise dans le rôle de riches Américains.

Annie se récria :

— Nous ne pouvons pas vous soustraire à vos vacances juste pour que vous nous teniez compagnie. Nous nous débrouillerons.

— Je veux y aller, répéta Maud.

— On peut y aller, si tu veux, fit Henry. Je vendrai la maison quand on reviendra.

Il ajouta plus poliment :

— En fait, si vous voulez bien de nous, ce serait sans doute l'occasion rêvée. Maud a toujours voulu s'y rendre.

— Ce serait agréable que vous soyez là, Maud. Charlie ne mettra pas les pieds dans une galerie d'art. Vous pouvez imaginer d'aller à Florence sans visiter le musée des Offices ?

— Ce n'est pas que je n'aime pas la peinture, se justifia Salter. J'irai avec toi voir *Mona Lisa*…

— Ça, c'est à Paris.

— Eh bien, le tableau que tu voudras, alors. Mais c'est à cause de ces maudites galeries : on doit toujours contempler les œuvres en murmurant. Dès qu'on essaie de parler normalement, on se fait foutre dehors.

—Si je dois dilapider mon héritage pour aller à Florence, je veux voir des tableaux, intervint Henry.

—Tout ira bien pour moi, assura Salter. Je me contenterai de rôder dans le coin à regarder les quêteux et les prostituées.

—Allez, on y va, Henry, suppliait Maud.

L'affaire fut entendue. En privé, Salter et Annie mirent sur pied un plan : ils achèteraient deux forfaits, un pour les Beresford et un pour eux, et s'arrangeraient pour payer la totalité des frais de location de la voiture. Salter se rendit à Tokesbury Mallett pour tout organiser. L'agent de voyages prit plaisir à participer à la petite conspiration ; il majora même le prix qui apparaissait sur les billets de manière à ce que les Beresford ne se rendissent pas compte qu'ils payaient moins que leurs compagnons de voyage. En sortant, Salter passa à la banque pour prendre des lires. En retournant à l'agence de voyages, il heurta une silhouette vaguement familière qui en sortait. Au moment où l'homme s'éloignait, Salter se rappela de qui il s'agissait : c'était l'adjoint de Hamilton.

—Sergent Woodiwiss ! l'interpella-t-il. Comment allez-vous ?

—Ah oui, inspecteur Salter, c'est bien ça ? (D'un signe de tête, il désigna l'agence.) Comme ça, vous partez ?

—Je voulais juste voir ce qu'ils avaient à offrir, mentit Salter. Promenades en bus à impériale, ce genre de choses. Et vous ?

—Je commence à penser à mes vacances, monsieur. Un endroit sec.

—Ça avance ? demanda Salter.

—Comment ça, monsieur ? riposta Woodiwiss, le visage impénétrable.

Maudit cachottier, songea Salter.

— Vos projets de vacances, rétorqua-t-il. Transmettez mes salutations à votre surintendant.

— Je n'y manquerai pas, monsieur, répliqua Woodiwiss avant de s'éloigner.

Dans l'agence, Salter posa son argent sur le comptoir et prit les billets.

— Tout le monde voyage, aujourd'hui, on dirait, amorça-t-il. Je viens juste de croiser un de mes amis sur le pas de la porte. Où va-t-il?

— Le monsieur en imperméable? demanda l'agent. Il ne faisait que se renseigner.

Il retourna à son bureau derrière le comptoir.

— L'auto m'attendra-t-elle à Pise? demanda Salter.

— Tout est sur le billet, répondit l'agent sans même lever les yeux.

Il venait juste de se transformer en Tweedledee, là, sous le regard de Salter.

TROISIÈME PARTIE

INTERMÈDE À FLORENCE

Dès sa descente de l'avion, à Pise, le quatuor fut accueilli par le printemps italien. Derrière l'odeur du kérosène, ils perçurent un parfum plus riche, séculaire, qui leur annonçait qu'ils n'étaient plus en Angleterre; c'était l'effluve d'un monde baigné de soleil, composé d'une flore inconnue, une fragrance plus douce, plus capiteuse que celle de la campagne anglaise. Ils prirent possession de l'auto puis partirent en direction de l'autoroute.

— Tout est vrai, s'émerveillait Annie.

— Quoi? fit Henry.

— L'Italie. Regardez-la. (D'un geste large de la main, elle désignait le paysage inondé de lumière dorée.) Je pensais que cette lumière était une invention des peintres de la Renaissance, que c'était dû au fait qu'ils mettaient de l'huile d'olive dans leurs peintures. Je ne m'imaginais pas que le monde avait vraiment cette couleur, ici. Et regardez ces arbres! Je croyais que les peintres italiens avaient une passion pour les arbres en rangée, mais ils sont comme ça dans la réalité. Regardez ces forêts, si ce sont bien des forêts! Et ces arbres qui bordent la route! On dirait qu'ils ont été plantés par une machine gigantesque. Qu'est-ce que c'est?

— Des cyprès, je pense, répondit Maud. En tout cas, c'est ce qu'on dit toujours à propos des arbres qui bordent les routes, ici.

— Il n'y a pas de gazon, remarqua Annie. Toutes les maisons sont entourées de gravier.

— Ça, c'est un truc qui n'a pas d'odeur, déclara Salter avec autorité. La plupart des gens ne se rendent pas compte que le gazon a une odeur. Je ne parle pas du foin, non, mais du gazon. À une époque, j'ai passé six mois en Arctique. Quand j'en suis revenu, l'odeur du gazon est la première chose qui m'a frappé à l'aéroport de Winnipeg.

— Six mois en Arctique, Charlie ? Voilà qui est vraiment très impressionnant. Avez-vous dû manger votre chien ou des trucs comme ça ?

Avant que Salter pût décider si Maud se moquait de lui ou non – avait-il raconté trop d'anecdotes sur les forêts canadiennes ? –, Annie intervint :

— Regardez ! s'exclama-t-elle, le doigt pointé vers un village situé au sommet d'une colline, qui évoquait une couronne de briques. C'est vraiment un tableau, non ?

— Oui, à mon avis, il y en a un comme ça sur tous les tableaux, répliqua Henry.

Salter roulait à cent vingt kilomètres à l'heure, heureux de conduire de nouveau à droite, sans se soucier du fait que tous les autres véhicules le doublaient, comme s'il avançait au pas.

Ils atteignirent les faubourgs de Florence dans l'après-midi ; ils oublièrent qu'ils étaient en Italie pendant une heure, le temps de trouver une place de stationnement. Salter proposa à ses compagnons de voyage de prendre le volant s'ils le souhaitaient. Comme ils déclinèrent son offre, il annonça la couleur :

—Je vais continuer à tourner en rond, comme ça. Sans conseil ni aide de personne. Nous savons que l'hôtel est quelque part au milieu de Florence, et nous pouvons marcher de n'importe quel endroit où nous aurons garé l'auto. Que personne ne s'avise de me faire remarquer qu'on vient juste de manquer une place ! Quand moi, je verrai une place dans laquelle je pense, moi, pouvoir me garer, je la prendrai. Maintenant, profitez bien du paysage.

Annie lui tira la langue et Henry jeta un regard triomphant à Maud, qui lui adressa en retour un sourire sarcastique. Mais tout le monde se tut jusqu'à ce que Salter trouvât une place sur la Piazza Indipendenza, à deux pâtés de maisons de l'hôtel. Salter entra le premier dans le hall de l'hôtel, où un jeune homme était assis derrière le comptoir.

—*Deux camera matrimoniales pour Salter und Beresford*, déclama-t-il en mélangeant quatre langues en sept mots.

—Pourrais-je voir vos passeports, s'il vous plaît ? demanda le jeune homme après un moment. Puis : Ah oui ! Nous avons vos réservations. Par ici, je vous prie.

Les chambres carrelées étaient vastes et ensoleillées. Des volets de bois s'ouvraient sur des balcons qui donnaient sur une minuscule rue, en contrebas. Personne ne voulait s'attarder ; ils déposèrent leurs bagages et sortirent se balader, heureux de se mêler à la foule.

—Ici, les magasins sont ouverts jusqu'à huit heures, soupira Maud tandis qu'ils flânaient joyeusement, à regarder le prix des vêtements et à chercher un restaurant.

Ils burent un café dans un café, puis du vin dans un autre.

—Pas de doute : ils sont venus ici, affirma Maud.

—Qui ? demanda Henry.

—Byron, Shelley, Keats, Browning, tout le monde, répondit Maud.

Ils dînèrent dans un restaurant qui avait l'air abordable et où la cuisine était presque aussi bonne qu'à Boomewood.

—Il y en a qui viennent ici pour leur lune de miel, dit Maud. Nous, nous sommes allés à Yarmouth, n'est-ce pas, Henry ?

Ils accompagnèrent leur repas de deux litres de vin ; puis, repus, fourbus, ils retournèrent à l'hôtel et se mirent aussitôt au lit.

◆

—Que veux-tu faire maintenant, Charlie ? demanda Annie.

Ils venaient de prendre une douche et étaient allongés sur le lit, propres et rafraîchis.

En guise de réponse, Salter traça une route qui partait de l'oreille gauche d'Annie, passait par tous les pays situés plus bas pour aboutir à l'autre oreille. Annie se tourna sur le ventre et lui caressa le torse.

—Pendant notre séjour, je veux dire, précisa-t-elle.

La question était plus délicate.

—J'aimerais visiter un peu la campagne, répondit-il. Profiter de la voiture.

—Pour aller où, par exemple ?

—J'aimerais bien aller jeter un coup d'œil au village où Dillon a vécu pendant la guerre.

— Flic un jour, flic toujours, hein ?

Elle posa la tête sur le ventre de son mari et le regarda d'en bas.

— OK. Oui, c'est vrai, cette affaire m'intrigue, admit-il. Pour autant que je sache, Hamilton s'est contenté de téléphoner afin de demander si un certain Johnny se trouvait récemment à Valdottavo. Quand un message de ce genre aboutit dans la corbeille « arrivée », le gars qui le reçoit passe trois coups de fil, puis écrit « aucune trace » sur un papier qu'il met dans la corbeille « départ ». J'aimerais regarder moi-même. D'après Churcher, les Anglais parient maintenant sur Mario, mais il y a trop de choses autour de cette affaire. Et je ne parle pas que de ce Johnny. Qui donc a regardé mon passeport ? Qui a joué à « Allez, debout ! » ? Que faisait Dillon avec une liasse de mille livres dans une enveloppe ? Et, pour finir, pourquoi est-ce qu'un type comme Dillon passerait tout d'un coup une nuit avec cette Rundstedt ? À en croire Gregory, ils se sont contentés de parler ; et sur ce point, on peut lui faire confiance…

— Tu supposes donc que ce n'est pas Mario le coupable ?

— Je ne suppose rien du tout. Mais l'histoire que Maud tient de Bonnie Kryst me paraît crédible. Si j'étais Hamilton, je fouillerais un peu plus ailleurs.

— Tu penses que ce surintendant est un idiot ?

— Non, pas du tout. C'est justement pour ça que je ne comprends pas pourquoi ça ne bouge pas un peu plus.

— Quel est le motif, Charlie ?

— Comment diable pourrais-je le savoir ? Argent, chantage, quelque chose comme ça.

— Non. Je ne parle pas de celui du meurtrier. Je parle du tien.

— Moi ? Je suis curieux, tout simplement.

Annie lui tira un poil du torse.

— Tu sais ce que je pense ? fit-elle. Je pense que tu es tout bonnement furieux qu'il t'ait battu si facilement au squash.

— Quoi ! C'est ridicule, pour l'amour du ciel ! Je te l'ai dit : je suis curieux, c'est tout.

— Que vas-tu donc faire ?

— J'ai pensé que je pourrais aller en auto à Valdottavo. Une fois là-bas, je fouinerai un peu jusqu'à ce que je trouve quelqu'un qui a connu Dillon pendant la guerre. Je pourrais aussi creuser un peu l'histoire de ce Johnny. Tu seras bien, ici, avec Maud, non ?

Annie s'éloigna de lui en roulant sur le côté puis s'allongea contre lui.

— Pourquoi ne viendrais-je pas ? demanda-t-elle.

— Oh non ! Profite de tes vacances. Reste ici pour visiter Florence.

— Mais je profite vraiment de mes vacances. En trois jours, nous n'aurons qu'un avant-goût de ce pays, de toute façon. Alors ce qu'on fait n'a aucune importance. On reviendra. Par contre, il te faut une interprète. Tu ne parles que le cajun et dix mots de français. Au moins, je peux comprendre une bonne partie de ce qu'on me dit en me débrouillant avec mon français et mon latin.

Salter réfléchit à la question. Il était vrai qu'à peine une demi-heure après leur arrivée, Annie et Maud avaient inventé une technique de communication avec les serveurs qui consistait à leur demander de parler très lentement et à choisir les plats qu'elles reconnaissaient quand elles lisaient le menu. Cette technique fonctionnait aussi dans les boutiques, mais elle nécessitait un bagage élémentaire dans une langue autre que l'anglais. Livré à lui-même, Salter était muet.

—Ça ne te dérangerait pas ? fit-il.

—Ça pourrait être amusant. Je ne t'ai jamais vu à l'œuvre.

—OK. Mais ne dis pas à Maud ce qu'on va faire là-bas, d'accord ? Elle risquerait de vouloir venir avec nous.

—Pas de problème. Je lui annoncerai qu'on souhaite seulement passer une journée rien que nous deux.

—Génial !

Salter s'appuya sur un coude :

—T'ai-je déjà dit que « ton corps est un tas de froment, entouré de lys » ? demanda-t-il.

—Oui, mais pas depuis qu'on a quitté le Canada.

—Ah non ? J'imagine qu'il faut un climat chaud pour pouvoir le constater.

◆

—Bien ! fit Maud qui, dès le lendemain matin au petit déjeuner, prenait la direction des opérations. Quelles sont nos priorités ? Nous n'avons que trois jours.

—Je veux voir des toiles, répondit Henry.

—Je ne détesterais pas faire un peu les boutiques, confessa Maud. Mais ça peut attendre. Charlie, lui, veut aller voir des quêteux et des prostituées. Et vous, Annie ?

—J'aimerais aussi voir un peu la campagne, annonça Salter. Nous avons une voiture, autant en profiter.

Annie enfonça le clou.

—On pourrait peut-être se séparer pour la journée, proposa-t-elle. Charlie et moi allons nous promener aujourd'hui, et vous pourrez en faire autant demain. Si on reste ensemble tous les quatre à longueur de journée, on va finir par se taper sur les nerfs !

Un léger malaise accueillit l'argument d'Annie ; les Beresford réfléchirent brièvement à ce que cela impliquait. Puis Maud assura :

— C'est très sensé, Annie. On sent la voyageuse expérimentée ! Mais il faudra que vous veniez faire les boutiques avec moi, à un moment donné. Après aujourd'hui, il me faudra aussi me reposer d'Henry, hein, mon cher ? On se retrouve ici pour dîner, alors. Vers six heures ?

◆

Après le départ de Maud et Henry, Salter étudia attentivement la carte routière pendant qu'Annie et lui buvaient un autre café. Leur route longeait d'abord l'autoroute vers Viareggio. À Lucca, ils allaient devoir prendre la direction de Ponte a Moriano, traverser un petit pont puis monter vers Valdottavo. Avec un peu de chance, ils parcourraient la plus grande partie de la route dans la matinée et pourraient revenir dans l'après-midi par un autre itinéraire.

La sortie de Florence fut facile. Ils trouvèrent sans encombre l'autoroute pour Viareggio et, quarante-cinq minutes plus tard, ils arrivaient dans la ville fortifiée de Lucca, dont ils firent trois fois le tour avant qu'un policier ne les mît sur le bon chemin ; ils repérèrent alors les premiers panneaux indicateurs mentionnant Ponte a Moriano. Salter n'avait aucune idée de la manière dont il procéderait et ne savait pas davantage ce qu'il cherchait, mais la journée était magnifique et, tout bien considéré, il était aussi heureux de conduire sous le soleil italien que sous la pluie anglaise. À Ponte a Moriano, il s'arrêta dans un café où Annie obtint des indications supplémentaires en désignant Valdottavo sur la carte et apprit à son grand plaisir qu'en italien, « gauche » se disait « sinistra ».

Tandis qu'ils approchaient de Valdottavo, Salter aperçut un panneau sur lequel était inscrit « *Carabinieri* », et il entrevit un problème :

— Si je pose des questions à des policiers, ça va peut-être susciter leur curiosité, surtout si Hamilton leur a déjà demandé d'enquêter, dit-il.

— Arrête-toi à ce café, proposa Annie. On va se contenter de poser des questions à la ronde. Tu comprends l'utilité de ma présence ? Nous dirons que nous sommes un couple d'Américains qui cherche un vieil ami. C'est bien mieux que si tu étais venu seul ; ils auraient tout de suite compris que tu es un flic.

Salter gara la voiture et ils pénétrèrent dans le café : à l'une des trois tables qui s'y trouvaient, quatre hommes âgés jouaient aux cartes. Salter et Annie commandèrent du *vino blanco* – qu'on leur factura l'équivalent de vingt-trois cents canadiens le verre – et s'assirent pour réfléchir à leur plan de bataille. Finalement, Annie écrivit « Terry Dillon » sur un bout de papier et Salter fit signe au tavernier de leur resservir du vin. Quand il vint poser la bouteille sur la table, Annie lui montra son papier et expliqua lentement :

— Nous cherchons cet homme, Terry Dillon.

Elle avait pensé chaque mot et choisi un verbe anglais qui ressemblait à son équivalent français, en pensant qu'il était plus susceptible d'être apparenté à l'italien ; mais le barman secoua la tête en souriant.

Annie tenta plusieurs autres verbes – « poursuivre », « courir après », « souhaiter voir », puis « perdre » – auxquels elle accola chaque fois le nom de Terry Dillon.

L'homme secouait toujours la tête.

— *Tedeschi*[3] ? demanda-t-il.

Annie fit non de la tête :

— *Inglesi*[4], répondit-elle. (Était-ce de l'espagnol ?) Canada, ajouta-t-elle.

Cela marcha. L'homme fit un air entendu ; il se dirigea vers les quatre joueurs et s'adressa à l'un d'eux, qui hocha affirmativement la tête et se leva pour l'accompagner à la table des Salter, où il s'assit en attendant qu'ils prennent la parole.

— Nous cherchons, recherchons, essayons de trouver – pas « trouver » mais « essayer de trouver » – cet homme, répéta alors Annie en brandissant son morceau de papier, incertaine du rôle joué par le vieil homme.

L'Italien sourit :

— J'espère que vous le trouverez, fit-il.

— Vous parlez anglais ? s'enquit Salter, soulagé.

L'homme acquiesça.

— J'ai été prisonnier de guerre pendant trois ans dans une ferme à Cheddar, en Angleterre, expliqua-t-il. Que voulez-vous savoir ?

---

[3] NDLT : Allemands.
[4] NDLT : Anglais.

À l'autre table, les trois autres comparses souriaient en les montrant du doigt, se délectant des prouesses du linguiste du village.

—J'essaie de trouver quelqu'un qui a connu cet homme, redit Salter. Il a vécu ici il y a très longtemps, ajouta-t-il en empruntant instinctivement le style simple des contes folkloriques.

—Je m'appelle Franco, fit alors l'interprète en tendant la main.

Salter et Annie se sentirent légèrement impolis de n'avoir pas commencé par se présenter. Franco lut le nom et fit un signe de dénégation. Il se leva pour aller montrer le papier à ses compagnons de jeu : les trois hommes se passèrent le papier en secouant la tête.

Salter changea de tactique :

—Cet homme, Terry Dillon, a épousé une femme de Lucca il y a quelques années, peut-être deux ans. Elle s'appelle Maria Ponti. Elle est partie avec lui en Angleterre, et son frère Mario est allé la rejoindre cette année.

Franco traduisit : les vieillards s'animèrent brusquement.

—Nous le connaissons, déclara Franco. Ce Terry Dillon était ici pendant la guerre, oui ? Il est revenu et il a marié la femme de Lucca.

—C'est exact. L'un d'entre vous sait-il quelque chose sur lui ?

Les hommes parlèrent un peu entre eux, puis Franco se leva.

—Allons à la trattoria, proposa-t-il. Nous pensons que le propriétaire le connaissait.

Ils quittèrent tous le café et firent environ deux cents mètres avant d'entrer dans la cour du restaurant.

Le propriétaire se tenait sur le pas de la porte :
Franco lui raconta l'histoire de Salter. L'homme
serra la main des Salter et désigna une grande table
sous un arbre : tout le monde s'y installa pendant qu'il
allait chercher une grande bouteille de vin et des
verres. Après avoir rempli les verres, il commença à
parler. Par moments, l'un des joueurs ajoutait quelque
chose et les membres du groupe échangeaient des
remarques à mesure que se confirmaient les détails
de l'histoire. Quand le restaurateur eut terminé,
Franco entreprit de traduire :

— Voilà l'histoire, commença-t-il. Pendant la
guerre, il y a eu ces deux Anglais, des soldats, Terry
Dillon et un autre gars, Johnny Bessell, qui s'étaient
perdus derrière les lignes allemandes. Nous, les
gens de Valdottavo, nous les avons trouvés, et un
homme, Giovanni Carosio, les a cachés dans sa
ferme. Ils ont travaillé pour lui et il les a tenus hors
d'atteinte des Allemands. Au début, c'était facile,
mais quand la guerre a mal tourné pour nous, les
fascistes ont cherché à recruter davantage de jeunes
hommes pour l'armée. Ils traquaient les Italiens qui
se cachaient pour échapper aux combats. Certaines
familles riches de Rome et de Florence payaient
des fermiers pour qu'ils cachent leurs fils. Ce sont
ces jeunes-là que les fascistes recherchaient, et
Giovanni a su qu'il ne pouvait plus garder les
Anglais, alors il leur a demandé de partir. Personne
ne les a jamais revus jusqu'à ce que Terry Dillon
revienne il y a deux ans, comme vous l'avez dit.

— Qu'est-il arrivé à l'autre Anglais ?

Franco transmit la question au propriétaire de la
trattoria et la répéta aux autres membres du groupe ;

aucune réponse à part quelques signes de tête tra-
duisant leur ignorance.

— Ils ne savent pas. Aucun d'entre nous n'a
connu les Anglais, car nous étions tous dans l'armée
à ce moment-là, mais tout le monde a entendu
cette histoire.

— Et Giovanni Carosio ? Il le saurait, lui ?

— Oui, mais il est mort. Par contre, vous pouvez
demander à sa fille. (Il se leva.) Elle était encore
une petite fille pendant la guerre, mais elle connaît
sans doute l'histoire.

Salter offrit de payer le vin, mais le patron refusa. Une fois encore, le groupe se rassembla dans
la rue.

— Vous avez une voiture ? demanda Franco.
Prenons-la, alors.

Ils retournèrent au café, où Annie et Salter serrèrent
la main des trois comparses de Franco, et ce dernier
monta à l'avant de l'auto. Il dirigea Salter dans le
village : ils montèrent par une route sinueuse, puis
empruntèrent un chemin caillouteux qui les conduisit au sommet d'une colline qui dominait le village.

*En tout cas, même si on ne découvre pas grand-
chose d'intéressant, au moins, on visite le pays*, se
dit Salter.

Le chemin s'arrêta devant une ferme à deux
étages en briques et en pierres entourée d'arbres
fruitiers. Devant la maison, sous une treille, une
femme aux cheveux clairs âgée d'une quarantaine
d'années était assise à une table de bois à trier un
tas de haricots. Elle salua Franco, plaisanta un peu
avec lui et serra la main des Salter après que Franco
eut fait les présentations. Elle invita le trio à
s'asseoir et apporta du vin ; Franco lui expliqua la

raison de leur visite. Il n'eut pas besoin d'en dire
long : sourire et hochements de tête confirmaient
qu'elle était au courant. Elle fit alors part à Franco
de ce qu'elle savait.

— Le signor Dillon était revenu pour voir son père,
pour le remercier d'avoir pris soin de lui pendant
la guerre, traduisit Franco.

— Trente-cinq ans après ? s'étonna Salter.

Franco répéta la question en italien. La femme
hocha la tête avant de parler :

— Le *signor* Dillon lui a dit que quand son compagnon et lui ont dû quitter la ferme, ils se sont
cachés dans les bois, par là (Franco désigna les
collines, au loin). Ils y ont rencontré des para-
chutistes anglais qui leur ont donné de l'argent et
des armes et leur ont dit de partir vers le sud. Le
front était un vrai bordel et, en étant prudents, ils
pouvaient se faufiler pour rejoindre les troupes
anglaises. C'est ce que Terry Dillon a fait.

— Et l'autre ?

— Johnny ? demanda la femme, qui ajouta
quelques mots.

— Johnny est mort, traduisit Franco.

— Mort ?

— Oui. Dillon a dit qu'il avait été tué dans les
bois, poursuivit-il.

— Dillon était-il avec lui ?

La femme haussa les épaules et répondit brièvement.

— Elle ne sait pas, fit Franco.

— Dans ce cas, il s'est peut-être échappé, fit
remarquer Salter, qui parla à Franco de la carte
postale de Valdottavo. Ça doit être la même personne,
conclut-il.

Franco traduisit; la fille de Giovanni secoua la tête énergiquement et se lança dans une longue tirade.

— Non, objecta finalement Franco. Si Johnny était revenu, elle l'aurait su. Il jouait toujours avec elle quand elle était petite. Il serait venu la voir. Non, Johnny n'est jamais revenu.

La femme poussa soudain une exclamation et se précipita dans la maison. Elle en ressortit avec une photographie, un vieil instantané de deux soldats qui se tenaient par les épaules. La photo avait été prise en Angleterre, dans la cour d'une petite maison : on y voyait deux *Tommies*[5] comme les autres, deux jeunes gens de dix-huit ans en treillis arborant de larges sourires qui révélaient que le dentiste de l'armée leur avait extrait à l'un et à l'autre quelques dents. Un vrai fléau national.

— Lequel est Terry Dillon ? demanda Salter.

La femme retourna la photo et lui montra le verso, où se trouvait une inscription : « Blighty, 1942, Johnny et Terry ». Elle remit le cliché à l'endroit et nomma les deux hommes en les désignant l'un après l'autre. Puis elle se mit à rire et ajouta quelque chose.

— Quand Terry Dillon est revenu, il était gros et avait une grosse barbe grise, traduisit Franco. Elle ne l'a pas reconnu.

— Je sais, fit Salter. Je l'ai rencontré en Angleterre. Remerciez-la pour moi, Franco.

Il avait décidé de ne pas gâcher la journée de la fille de Giovanni en lui annonçant la mort de Dillon.

Ils échangèrent des poignées de main. Annie lança un « *Arrivederci* » qui ravit tout le monde

---

[5] NDLT : Surnom donné aux soldats britanniques.

avant que le trio ne monte dans l'auto pour raccompagner Franco au café où les Salter l'avaient
rencontré. Une fois arrivés, ils se serrèrent encore
la main, mais Franco ne bougea pas de la voiture.
Au bout d'un moment, il parla enfin :

— *Signor* Salter, tout le monde me demande qui
vous êtes, alors j'aimerais savoir pourquoi un
Canadien rechercherait un Anglais qui a vécu en
Italie pendant la guerre. Qu'est-ce que ça cache ?
Des mauvaises nouvelles ?

Salter avait pensé qu'on lui poserait la question
bien plus tôt, mais il n'avait toujours pas de réponse.
C'est Annie qui vint à la rescousse :

— C'est une affaire d'argent, mentit-elle. Un
parent de Johnny Bessell est décédé au Canada et
lui a légué un peu d'argent. Mais Bessell n'a pas
réclamé son héritage, alors mon mari essaie de prouver
qu'il est mort.

Franco dévisagea Annie, puis Salter.

— Vous êtes avocat ? s'enquit-il.

— En quelque sorte, répondit Salter. Je recherche
des personnes disparues.

— Mais vous allez dépenser tout son argent à le
rechercher, observa Franco avant de hausser les
épaules. Il y a bien un autre endroit où vous pourriez
aller vous renseigner, ajouta-t-il. C'est au bureau
de poste. La fille là-bas parle anglais, elle aussi.
Bonne chance !

Il descendit ; les Salter partirent en suivant les
indications de Franco puis s'arrêtèrent devant la
poste.

— Franco ne m'a pas cru, dit Salter à sa femme.

— Non, en effet, admit Annie. Ça ne m'étonne
pas : pourquoi donc lui as-tu dit que tu avais rencontré Dillon en Angleterre ?

— Seigneur ! C'est vrai, j'ai dit ça… À ton avis, que vont-ils penser de nous ?

— Rien, probablement. Ils vont s'imaginer que ce Johnny Bessell sera millionnaire si on le trouve et ça va les faire jaser pendant quelques jours. Allez, viens, finissons-en avec la postière. J'ai un peu trop bu et je suis affamée.

La jeune fille qui tenait le bureau de poste savait tout du *signor* Dillon et confirma le récit que Salter avait déjà entendu. Elle déclara n'avoir vu passer aucun courrier adressé à Bessell ; elle en était tout à fait sûre, car la saison ne faisait que commencer et les étrangers étaient encore rares dans le village.

— Mais pourquoi tout le monde s'intéresse-t-il autant au *signor* Dillon ? ajouta-t-elle.

— Comment ça, tout le monde ? Qui d'autre s'y intéresse ?

— Un autre homme, le mois dernier. Lui aussi, il avait entendu parler de l'histoire de ces deux *Tommies* pendant la guerre, et il était à la recherche du *signor* Dillon. Il n'est même pas allé jusqu'au village après que je lui ai dit que le signor Dillon était en Angleterre.

— À quoi ressemblait-il ? Vous rappelez-vous ?

— Pas vraiment. Il était Anglais, je crois. Plus âgé que vous. Il n'est resté que quelques minutes. Je lui ai dit qu'il pourrait probablement avoir l'adresse du *signor* Dillon en Angleterre à la trattoria de Lucca où sa femme avait travaillé.

Salter la remercia. Il se demanda s'il allait encore falloir échanger une poignée de main, mais la jeune fille se contenta de lui adresser un sourire avant de se remettre au travail.

— Alors comme ça, Bessell est venu ici, dit-il à Annie tandis qu'ils rentraient à Lucca. C'était sûrement lui. Mais pourquoi venir incognito ? Pourquoi n'est-il pas monté au village pour dire bonjour ?

— Parce qu'il voulait faire la surprise à Dillon, suggéra Annie.

— Le prendre par surprise, tu veux dire ?

Annie haussa les épaules.

— Bon. Qu'est-ce qu'on fait maintenant ? Tu ne manges jamais quand tu mènes une enquête ?

Ils se rapprochaient de la ville fortifiée.

— Allons voir si on trouve de quoi manger à Lucca, proposa Salter.

Ils stationnèrent la voiture près d'une porte d'accès à la ville fortifiée puis flânèrent dans les rues. Ils trouvèrent sans tarder ce qu'ils cherchaient : un restaurant situé au coin d'une grande place avec un tas de tables inoccupées en terrasse. Après un repas gargantuesque qui ne leur coûta que vingt dollars – dont, apparemment, soixante-quinze cents pour une bouteille de vin qui, selon les calculs de Salter, leur aurait coûté neuf fois plus cher à la Régie des alcools de l'Ontario et vingt fois plus cher au restaurant de quartier qu'Annie et lui affectionnaient parce qu'il était bon marché –, Salter décida qu'il avait un gros problème.

— J'ai besoin d'une bonne sieste, avoua-t-il.

Annie se mit à rire :

— Tu as trop bu, dit-elle.

— Non, repu. Je suis juste repu, protesta-t-il. En tout cas, comme dit le proverbe, à Rome, fais comme les Romains…

En silence, ils regardèrent les boutiques qui fermaient pour l'après-midi.

— Tu as une idée ? demanda Annie. Un petit somme me ferait du bien, à moi aussi.

—Si on était chez nous – enfin, au Canada, je veux dire –, on se trouverait un peu de gazon au bord de l'autoroute, mais on dirait que ça ne se fait pas, ici. Peut-être que le risque de se faire dévaliser par des *banditi* est trop grand…

—Quand on pense à toutes ces histoires qu'on raconte sur Rome et Naples, sur la manière dont les gens se font toujours voler leurs affaires… Quand on pense que personne n'a même essayé de nous rouler, ici! observa Annie.

C'était vrai. Ils avaient trouvé les additions des restaurants impossibles à lire, ce qui les avait rendus un peu nerveux, mais le total était toujours trop modique pour qu'ils pussent penser qu'on les trompait. Jusqu'à présent, l'expérience leur avait montré qu'en Italie il était impossible de mal manger et que tous les repas valaient dix dollars. Le pain revenait à un dollar et le vin, à soixante-quinze cents; tout ce qu'ils mangeaient d'autre leur coûtait six ou sept dollars.

—Au Canada non plus, on ne se fait pas rouler au restaurant, nota Salter avec loyauté.

—Non, seulement dans les restaurants très chers du centre-ville, corrigea Annie, qui n'arrivait plus à tenir les yeux ouverts.

Les pauses qui ponctuaient leurs remarques étaient de plus en plus longues.

—Tu te souviens de notre premier hôtel en Angleterre? demanda Salter quelques minutes plus tard.

—Tweedledee, fit Annie.

Ils étaient vraiment sur le point de s'endormir. Une petite querelle qui éclata quelques tables plus loin entre un serveur et un couple anglais d'âge

moyen les fit émerger de leur torpeur. Ils tournèrent
légèrement leurs chaises afin de pouvoir écouter et
voir confortablement. Les Anglais contestaient leur
addition, bien déterminés à ne pas se faire avoir
par des étrangers. Salter admirait leur courage et,
en lui-même, prédit qu'ils n'allaient pas tarder à se
sentir gênés. Finalement, le serveur perplexe appela
le patron, qui parlait un peu anglais ; ce dernier expliqua au couple que le plat qu'ils n'avaient jamais
commandé et qu'ils refusaient de payer était tout
simplement la date. Rouges de confusion, les deux
Anglais s'en allèrent en prenant bien soin de regarder
nettement plus haut que les têtes de l'auditoire.

Quelque peu revigorés, Salter et Annie reprirent
leur conversation.

—Une fois, en Floride, nous avions pris une
chambre dans un motel pour quelques heures, tu te
rappelles ?

—Bien sûr que je me rappelle. J'avais l'impression d'être ta secrétaire…

—Tu crois qu'on pourrait avoir une chambre
pour l'après-midi, ici ?

—Sans doute, à condition de savoir ce qu'il faut
demander. Vas-y, je vais t'attendre dans la voiture.

—Comment dit-on « heures », en italien ?

—Je ne sais pas. En latin, c'est « *hora* », je
crois.

Salter essaya une phrase :

—*Uno camera matrimoniale pour duo hora*,
proclama-t-il.

—À ta place, je vérifierais ça, conseilla Annie.
Tu risques de te retrouver dans une chambre avec
moi et deux autres femmes. Ça pourrait te coûter
une fortune…

— Je pourrais aussi bien me retrouver en prison, renchérit Salter. Va savoir si ce n'est pas illégal de louer une chambre d'hôtel pour ne l'occuper que pendant la journée.

— Tu ne vas pas en prendre le risque, n'est-ce pas ?

— Non. Tout ce que je veux, c'est piquer un roupillon. Si on nous donne une chambre recouverte de velours rouge avec un miroir au plafond, ça m'empêchera de dormir.

Les autres tables de la terrasse s'étaient toutes vidées.

— Allez, partons, Charlie. On n'a qu'à faire la sieste dans la voiture, proposa Annie.

Ils regagnèrent l'auto en se traînant d'un pas mollasson dans les rues quasi vides de la ville. Salter déplaça la voiture pour la mettre à l'ombre ; de là, elle était visible de l'agent qui réglait la circulation à une vingtaine de mètres. Ils entrouvrirent les vitres, descendirent les dossiers le plus possible et sombrèrent.

Quand ils se réveillèrent, désorientés, la bouche pâteuse, ils avaient bien besoin d'un café avant de reprendre l'autoroute en direction de Florence ; ils retournèrent donc dans la ville fortifiée. Annie acheta un guide et, pendant une heure, ils jouèrent les touristes. Ils visitèrent l'amphithéâtre romain ; çà et là, dans l'arène décrépite, apparaissaient quelques boutiques, signe universel de renaissance urbaine. Quand ils s'arrêtèrent pour prendre leur café, le serveur leur conseilla de rester jusqu'au dimanche ; les élections approchaient et la candidate communiste locale avait promis de faire campagne toute nue.

Ils reprirent la voiture pour rentrer à Florence. L'heure du dîner était encore loin, et ils attendirent tranquillement les Beresford sur la Piazza Indipendenza.

◆

Maud et Henry avaient passé la plus grande partie de la journée dans le musée des Offices ; tout comme les Salter, ils n'avaient pas résisté à l'envie de faire une sieste.

— Qu'avez-vous fait ? s'enquit Maud.

Annie et Salter racontèrent à leurs compagnons leur périple dans les collines de Toscane, leur déjeuner dans cette magnifique ville de Lucca et la promenade dans les rues qui s'en était suivie. Annie leur suggéra de faire le même circuit le lendemain, mais Henry déclina la proposition :

— Ça ne me réussit pas de rouler du mauvais côté de la route, avoua-t-il. Alors, pour éviter tout problème, j'ai laissé mon permis de conduire en Angleterre.

Salter offrit de leur servir de chauffeur, mais ce fut Maud qui refusa cette fois :

— Nous aimerions continuer nos visites culturelles, expliqua-t-elle. Henry est insatiable.

Ils convinrent donc de visiter le palais Pitti et les jardins Boboli et de retourner au musée des Offices.

Le lendemain, ils marchèrent toute la journée, émerveillés, en faisant une pause de deux heures pour la sieste. Salter, fort de son expérience à Stratford, suivit le mouvement, prêt à rester insensible sauf si quelque chose retenait son attention. Le Duomo le laissa indifférent, et il trouva lugubre le formalisme des jardins Boboli après le doux désordre des jardins anglais. Bien que rien ne trouvât en lui l'écho de l'inscription de Shakespeare, il faillit s'abîmer à un moment donné dans la contemplation de l'original restauré d'un tableau qu'il connaissait : *La Naissance de Vénus*, dont Annie possédait une reproduction quand ils s'étaient mariés. L'ermite qui était en lui fut également frappé par les cellules des moines du musée de San Marco, surtout celle de Savonarola. Prières mises à part, il songea, en découvrant les pièces agréables, que la vie ne devait pas y être si pénible que ça : du vin à tous les repas, une bonne robe de chambre pour avoir chaud et tout le temps nécessaire pour lire et penser. Une vie d'égoïsme absolu – prières mises à part, bien sûr.

Au cours du dîner, ils révisèrent leurs priorités pour leur dernier jour en Italie.

—J'ai ma dose de culture, décréta Salter. Je veux visiter le reste de la ville.

—Je n'ai pas encore vu le palais Vecchio, se plaignit Henry.

—Il faut que vous veniez faire les boutiques avec moi, Annie, annonça Maud.

Ainsi, la matinée du lendemain fut organisée : ils se retrouveraient à midi et verraient ensuite ce qu'ils feraient, après une sieste, probablement.

Le soir, au lit, Annie demanda :

—Tu as bien ta petite idée, Charlie ?

—Pas vraiment, fit Salter. Je me demandais seulement comment j'allais pouvoir découvrir si Bessell avait été officiellement enterré dans ces collines. Il doit bien exister une sorte de commission des sépultures militaires.

—Et après?

—Et après, rien, admit Salter. Après, je dirai à Churcher ce que j'aurai découvert et il pourra le dire à Hamilton. Ça lui donnera un petit coup de pouce.

—Un peu risqué, non? Si Hamilton est contrarié parce que tu as trouvé quelque chose qu'il aurait pu découvrir lui-même, c'est Churcher qui va se faire allumer.

Salter réfléchit.

—Ouais, tu as raison. Je vais le laisser en dehors de ça. Si je peux prouver que Johnny Bessell est encore en vie ou, en tout cas, qu'il n'est peut-être pas mort, je le dirai à Hamilton. Ça va sans doute l'emmerder…

Il sourit.

—Charlie, tu ne vas pas passer le restant de tes vacances là-dessus, quand même?

—Bien sûr que non. Mais je ne dérange personne, non?

—Non. Et mieux que ça, je suis heureuse que tu aies découvert les courses d'obstacles. Sans ça, tu te serais vraiment ennuyé. Maud et moi avons passé de bons moments sans toi. Et ce meurtre t'a mis de bonne humeur le reste du temps. Je n'ai donc pas à me plaindre! En plus, il faut que je remercie le policier qui est en toi pour cette petite escapade à Florence; sans lui, tu ne me l'aurais jamais proposée… Tu vois, comme ça, tout le monde a eu du bon temps, au lieu de quoi nous pourrions tous nous taper sur les nerfs à l'heure qu'il est. Et j'ai adoré jouer au détective à Valdottavo. Mais quand on va rentrer en Angleterre, je veux que nous poursuivions nos vacances comme prévu, surtout si le soleil se pointe enfin.

—Nous n'avons rien d'autre à faire, de toute façon. Ne t'inquiète pas pour ça. Au fait, puisqu'on en parle, viendras-tu avec moi aux courses ?

—Bien sûr. J'aimerais beaucoup. Mais pas sous une pluie battante.

—J'achèterai un billet pour la journée dans la tribune réservée aux membres, promit Salter. Nous regarderons les courses avec les aristos. Il faudra que je m'achète une casquette plate comme celles qu'ils portent tous et une paire de bottes vertes.

◆

Salter passa presque toute la matinée du lendemain à trouver ce qu'il cherchait. Il était tenté de révéler sa vraie identité ; cela lui aurait certes permis d'obtenir plus rapidement les renseignements désirés, mais il était persuadé que cela aurait aussi amené quelques questions polies auxquelles il n'avait pas envie de répondre et peut-être aussi un échange de plaisanteries entre Hamilton et les *carabinieri*. Il décida donc de se faire passer pour l'ami d'un ami pour lequel il se renseignait sur un vieux copain de régiment. Au terme d'un parcours qui le conduisit de postes de police en bureaux militaires, de plus en plus honteux de son monolinguisme (*Pourquoi diable ne nous apprend-on pas un peu de français, en Ontario ? Tous ces flics italiens semblent parler au moins une autre langue que la leur…*), il fut envoyé au consulat de Grande-Bretagne, où on lui montra une liste sur laquelle il ne trouva aucune trace de Johnny Bessell.

Comme à Valdottavo, sa mission lui procura sur la ville un regard qu'il n'aurait jamais pu avoir en tant que simple touriste. Il ne vit aucun quêteux ; mais, près du palais Pitti, une fille magnifique lui parla sur un ton invitant qui ne laissait aucune équivoque, et il fit la sympathique rencontre d'un serveur qui parlait anglais et était ravi d'apprendre que Salter venait de Toronto, où son héros jouait maintenant au soccer pour le Blizzard. De bons moments.

Après le déjeuner et une courte sieste, le quatuor débattit de la meilleure façon de profiter des quelques heures qui leur restaient. Comme on pouvait s'y attendre, Henry émit le souhait de visiter encore deux musées et une église ; Maud ayant refusé de le suivre, Annie proposa de l'accompagner. Restaient donc Maud et Salter.

—Ça ne me dérangerait pas d'aller dans les boutiques, déclara Salter. C'est simplement quand Annie me harcèle pour me faire acheter des trucs pour moi que ça me met de mauvais poil.

—Je ne sais que trop bien de quoi tu parles, rétorqua Annie. On n'a qu'à aller chacun de notre côté, alors. Et vous, Maud ?

—Je me joins à Charlie. Je vais lui faire dépenser son argent.

Ils se rendirent d'abord au marché du cuir. Salter acheta une ceinture pour lui et un sac à main pour Annie : Maud prétendit qu'Annie l'avait admiré mais que ses ancêtres écossais l'auraient trouvé trop cher. Ils allèrent ensuite au Ponte Vecchio pour y voir les bijoux en or. Près du marché de la vannerie, ils s'arrêtèrent à un café ; Salter but sa première bière depuis trois jours et Maud commanda un verre gros comme un vase, rempli de fruits et de vin. Les vacances touchaient à leur fin.

— Ça déprave vraiment ! s'exclama Maud.

— Quoi ? demanda Salter.

En guise de réponse, Maud désigna un jeune couple qui s'était arrêté sous un porche : le garçon était en train de dévorer la fille de baisers, sur les yeux et les oreilles, dans le cou.

— L'Italie, précisa-t-elle.

— Quelles agréables vacances ! commenta Salter.

En fait, il voulait dire qu'il était heureux de constater que Maud s'était avérée d'une compagnie agréable. Quelle différence par rapport à sa première impression, quand il avait vu cette fouine myope ! C'était tout cela qu'il s'était efforcé de transmettre dans son intonation.

— Avez-vous déjà eu une aventure, Charlie ? Depuis votre mariage, je veux dire…

Salter la regarda avec circonspection. Elle avait enlevé ses lunettes, ce qui lui donnait un regard légèrement bizarre.

— Vous êtes trop curieuse, Maud.

— Pas tant que ça, finalement.

— Vous avez mal aux yeux ? s'enquit Salter.

— Non. C'est juste que c'est plus facile d'avoir ce genre de conversation sans mes lunettes. Alors ? C'est oui ou c'est non ?

Salter était pris entre l'envie de se vanter (« J'ai eu plus d'aventures que vous n'avez eu de dîners coquins »), le désir de s'inventer un personnage vertueux (« Je respecte trop Annie pour ça, Maud »)… et la vérité. Mais de toute façon, quelle que fût sa réponse, Maud se serait lancée dans une interminable série de « pourquoi » et de « pourquoi pas ».

Il tergiversa :

— Seriez-vous en train de me faire des avances, par hasard ? plaisanta-t-il.

— Non, pas du tout. Je m'intéresse simplement au mode de vie des autres, comme vous diriez.

La balle était dans le camp de Salter, à présent ; il s'employa à détourner l'attention de lui.

— Et vous, Maud ? Faites-vous partie d'un club échangiste à Watford ?

— Ne soyez pas vulgaire, Charlie. Je ne parlais pas de ça.

— Désolé. Bon. Et vous, alors ? Avez-vous déjà été infidèle ?

— Oui, répondit-elle immédiatement. Une seule fois. Avec un ancien petit ami, que j'avais connu avant d'épouser Henry. Je l'ai revu des années plus tard et nous avons couché ensemble. Nous ne l'avions jamais fait auparavant.

— Et… ?

— C'était stressant au possible. J'avais constamment peur de voir débarquer des photographes…

Salter éclata de rire.

— Et alors, pourquoi l'avez-vous fait ?

— Par curiosité. Je voulais savoir si j'avais manqué quelque chose.

— Ce n'était pas vraiment une aventure, alors.

— Non. Quand j'ai remis mes lunettes, j'ai vu son air suffisant ; je me suis rendu compte qu'il pensait m'avoir montré ce que j'avais manqué en le quittant ou m'avoir rendu service parce que j'étais une frustrée. Dans les deux cas, ce n'était guère flatteur pour Henry. Nous nous sommes donc disputés, et je ne l'ai plus jamais revu.

— Et c'est tout ?

— Oui, et j'en resterai probablement là. Parfois, cependant, je me sens un peu dépitée devant le temps qui passe. Comme dans le poème de Yeats : « *There is no country for old men/The young in one another's arms.* » C'est ce que je ressens, quelquefois. Tout le monde semble en savoir plus sur la « vie » que moi. Est-ce vrai, Charlie ? Est-ce que je suis en train de manquer quelque chose ? Suis-je la seule dans ce cas, aujourd'hui ?

— Ce n'est pas à moi qu'il faut demander ça, Maud. Moi, je ne m'éloigne pas trop d'Annie parce que ça cause trop de problèmes. Pas par principe ni parce que je n'en ai pas envie. Simplement parce qu'Annie découvrirait tout.

— Et elle n'apprécierait pas ?

— Non, pas vraiment.

Salter éprouva une sensation étrange, comme une chape de silence qui s'était posée sur ses épaules. Il se retourna prestement : un autre couple d'Anglais entre deux âges écoutait si intensément leur conversation que l'homme risquait d'en tomber de sa chaise. Salter se retourna vers Maud, qui riait sous cape, le nez dans son verre.

— Allez, dit-il. Rentrons manger.

— Vous n'avez pas vraiment répondu à ma question, Charlie.

— Et je n'y répondrai pas, répliqua-t-il en la tirant de sa chaise et en l'embrassant afin que l'auditoire en ait pour son argent.

Ils trouvèrent Annie et Henry devant l'hôtel à boire du vin. Salter offrit le sac à main à Annie. Il était heureux d'avoir acheté, pour une fois, un cadeau dont il avait la certitude qu'elle l'aimerait. Ils échangèrent les comptes rendus de leurs activités de l'après-midi puis partirent en quête d'un dernier bon repas à dix dollars. Après dîner, ils se sentaient si bien qu'ils traînèrent encore en ville jusqu'aux petites heures, tristes à l'idée que leur intermède à Florence prît fin.

— Le pays de Tweedledum, conclut plus tard Annie quand ils se retrouvèrent au lit à écouter la ville s'endormir peu à peu.

QUATRIÈME PARTIE

LA DERNIÈRE HAIE

Le lendemain, un petit crachin les accueillit à leur arrivée à Tokesbury Mallett. Le changement si flagrant par rapport à Florence créait une sorte de choc culturel, même après un voyage aussi court, et ils durent batailler fort pour ne pas se sentir déprimés. Les vacances étaient presque terminées pour les Beresford ; Annie et Maud avaient prévu une dernière sortie ensemble. Après avoir attendu en vain que Salter l'invitât à le suivre, Henry décida d'accompagner les femmes.

En voyant que Salter faisait bande à part, Maud lui demanda ce qu'il avait planifié.

— Il faut que j'aille rendre visite à la police locale, répondit-il. L'inspecteur veut me voir et ça fait plusieurs fois que je repousse ça.

— Et vérifier si l'enquête sur le meurtre a avancé ? fit Maud. Je me demande s'ils ont attrapé l'assassin.

— Je l'espère, intervint Annie en regardant Salter, à qui elle avait accordé une journée supplémentaire pour satisfaire sa curiosité.

◆

— Nous avons mis la main sur le frère, annonça Churcher à Salter au poste de police. Il a appelé à Boomewood et quand la jeune Américaine lui a raconté ce qui s'était passé, il est tout de suite revenu pour être avec sa sœur.

— Et… ?

— Oh, il est lavé de tout soupçon. La nuit en question, il travaillait dans un restaurant italien de Reading où il donne un coup de main de temps en temps. Onze Italiens sont prêts à en témoigner et le surintendant Hamilton est enclin à les croire.

Il était clair que Churcher, quant à lui, avait des doutes.

— Où est-il, à présent ?

— À l'hôtel, avec sa sœur et la jeune Kryst. Ils vont rouvrir. L'Américaine va renoncer au reste de ses vacances pour les aider.

— Et maintenant, que va-t-il se passer ?

— Aucune idée. Ce n'est pas mon enquête.

— D'autres nouvelles d'Italie ?

— Non, pas à ma connaissance.

— Du nouveau sur le passé de Dillon ?

— Pas que je sache. On trouvera, en tout cas, ne vous en faites pas.

— Je suis confiant. Mais de mon côté, en Italie, je suis tombé sur des informations qui vous inté-resseraient peut-être.

— Des informations ? En Italie ?

Churcher n'en croyait pas ses oreilles.

— Je suis passé par hasard à Valdottavo, le village d'où venait la carte postale.

— Quelle carte postale ?

Salter soupira. Churcher avait vraiment été tenu à l'écart. Salter parla du nom dans le registre de l'hôtel et de la carte postale, puis de ce qu'il avait entendu à Valdottavo.

Churcher l'écoutait d'un air morose.

— Bon. Vous avez découvert que Dillon et ce Bessell étaient copains pendant la guerre, c'est bien ça ? Et alors, qu'est-ce que ça nous apporte ?

— Ça pourrait être intéressant d'enquêter sur Bessell, répondit Salter.

— Je ferais mieux de rendre compte de tout ça au surintendant, rétorqua Churcher. Je vais lui dire que vous vouliez lui transmettre un message, d'accord ? Je ne suis plus tellement dans le coup.

Si tu te contentes de rester là à bouder, je perds mon temps, songea Salter, qui fit néanmoins un dernier effort.

— Bien sûr. Mais vous pourriez peut-être passer quelques coups de téléphone en attendant. Si Bessell est vivant, il a bien dû se rendre quelque part quand il a quitté l'armée. À une adresse quelconque. Ça fait un bail, mais peut-être que quelqu'un le connaît encore. Il y a de fortes chances qu'il soit retourné chez lui – c'était encore un gamin quand il s'est engagé. Peut-être qu'on se souvient de lui, même s'il a quitté la région.

— Que je suive cette piste moi-même ?

— Vous pourriez trouver son adresse en 1945 et laisser Hamilton partir de là, répondit Salter.

C'était sans doute risqué, mais il voulait encore donner un coup de pouce à Churcher.

— Je ferais mieux de voir ça avec Hamilton d'abord. Ce n'est pas mon enquête, après tout.

Il appela le quartier général et demanda qu'on lui passe le surintendant. Comme ce dernier n'était pas là, Churcher lui laissa un message.

—On a trouvé des renseignements sur l'affaire Dillon, précisa-t-il avant de raccrocher.

—Et maintenant, que proposez-vous?

—OK. Maintenant que vous avez protégé vos arrières, vous pouvez appeler les archives militaires, demander l'adresse et commencer à enquêter. La police locale peut envoyer un gars sur place.

Churcher avait l'air nerveux mais plutôt enthousiaste. Il se résolut soudain et commença à faire des appels. Il finit par trouver quelqu'un à Londres qui avait accès aux vieux dossiers militaires. Il écouta, prit des notes et, après un échange de politesses, reposa le combiné d'une main ferme.

—Bien, dit-il d'un ton énergique. Voilà ce qu'il en est: Johnny Bessell a été démobilisé en 1945, sur ce point, vous aviez raison. À l'époque, son adresse était le 78, Uppingham Road, Manor Park, E. 12.

—Où est-ce? demanda Salter d'un air détaché.

—À l'est de Londres. Probablement assez près d'Ilford. Je vais appeler la police d'Ilford pour lui demander de nous donner un coup de main.

Il fit un autre appel et expliqua ce qu'il cherchait. Il écouta pendant un instant, puis dit:

—Oui, oui, je comprends. Très bien, inspecteur. Quand vous aurez un moment.

Churcher prit son air d'écolier penaud:

—Ils n'ont personne de libre actuellement, expliqua-t-il. Il a enregistré notre requête et il nous rappellera sans doute dans trois ou quatre jours. Il semble que ce soit la panique, là-bas. Il m'a demandé si je lisais les journaux.

Churcher tendit la main vers son attaché-case, à côté de son fauteuil, et s'empara du *Daily Telegraph* qui s'y trouvait. Il jeta un coup d'œil à la première page.

—Ça y est, fit-il. Je n'ai pas encore eu le temps de le lire. Notre femme de ménage nous a donné son préavis ce matin, et ma femme était bouleversée. (Il lut.) « Deux chefs de gang ont été trouvés morts derrière un bar de Manor Park. »

Le sergent passa la tête par la porte :

—C'est madame Bladgett, monsieur. Elle insiste pour vous parler de son voleur. Vous voulez bien ? Elle ne sera pas satisfaite tant qu'elle ne vous aura pas vu.

—Pas de problème, sergent, répondit Churcher, l'air content. J'arrive. (Il s'adressa à Salter.) Elle est sujette à des hallucinations : elle croit qu'on la cambriole chaque nuit. J'ai déjà eu une petite conversation avec elle, et on dirait que ça marche.

Il se dirigea vers l'antichambre.

Pendant que Salter se trouvait seul dans le bureau de Churcher, le téléphone sonna. Il décrocha.

—Ici le sergent Woodiwiss, dit une voix. L'adjoint du surintendant Hamilton. Le surintendant est absent pour le moment. Qu'est-ce que c'est, cette histoire de renseignements sur l'affaire Dillon ?

—L'inspecteur Churcher vient de sortir, sergent, expliqua Salter après s'être présenté. Je suis en train de boire un café avec lui dans son bureau.

—Quand sera-t-il de retour ?

Par la porte entrouverte, Salter vit Churcher raccompagner madame Bladgett vers la sortie. Le sergent Robey s'affairait à écrire à son bureau. Salter prit une profonde inspiration et s'écarta de manière à être hors de vue.

—Je l'ignore. Il est parti précipitamment en me disant au revoir, alors ça peut être long. Il m'a dit de finir mon café.

Woodiwiss émit un grognement.

—Ça ne doit pas être foutrement important, dans ce cas. Dites-lui de laisser un message ici, voulez-vous ?

Il raccrocha.

Quelques minutes plus tard, Churcher revint, rayonnant.

—Le sergent Robey m'a dit qu'il y avait eu un appel pour moi, lança-t-il.

—J'ai répondu. Ce n'était que l'opérateur de Londres qui voulait savoir si vous aviez terminé votre appel, mentit Salter.

Avec cette petite histoire, il risquait sa tête.

—Bizarre. Sans doute que les gars de British Telecom se sont encore mélangés dans les fils. (Il sourit.) Je pense que madame Bladgett va aller bien pendant quelques jours. Bon, et pour Dillon ?

—Oubliez ça, Charles. Quand vous vous entretiendrez avec Hamilton, dites-lui que vous avez passé quelques coups de fil à ma demande, par courtoisie, et que vous lui en parlez pour le cas où il ne serait pas au courant. Dites-lui tout. Ne vous en mêlez pas. Après tout, ce n'est pas votre enquête.

—Bien, bien. Je pense que c'est raisonnable. Bon, Charles, ma femme aimerait beaucoup rencontrer madame Salter. Elle veut l'inviter à déjeuner.

Churcher arborait un large sourire.

—Je vais voir ce que ma femme a prévu de faire, répondit Salter. Si nous décidons de prolonger notre séjour dans la région, je vous appelle.

Il serra la main de Churcher et attendit devant le poste que le sergent vînt le rejoindre.

—Joli prix, lui lança le sergent en regardant ses bottes.

—J'ai gagné à treize contre deux, répliqua Salter, qui regarda sa montre. Combien de temps ça me prendrait pour aller à Londres ?

—Environ une heure et quart. Prenez la route d'Oxford puis la M40. Évidemment, ça dépend dans quel quartier de Londres vous vous rendez.

—Ilford.

—Ah ! Ajoutez au moins une heure, dans ce cas.

—Merci, sergent.

—Pas de turf, aujourd'hui, monsieur ? demanda poliment le sergent.

—Non. Je dois rendre visite à des parents de ma femme.

—Ah, dommage. Quand vous reviendrez, alors, monsieur.

Salter passa à l'auberge où il laissa au patron un message disant qu'il serait peut-être en retard pour dîner et qu'Annie devrait commencer sans lui. Elle était partie avec les Beresford à une brocante, à une soixantaine de kilomètres de là.

◆

Les estimations du sergent étaient exactes quant à la durée du trajet pour Londres ; peu avant midi, Salter se retrouva dans Bayswater Road en direction de Marble Arch. Il suivit la file de voitures qui empruntait Park Lane, tourna encore à gauche et s'arrêta dans une petite rue, quelque part dans Mayfair, pour regarder sa carte routière. Il était dans Curzon Street. C'était simple : il fallait retourner

dans Oxford Street puis prendre vers l'est en direction
d'un endroit appelé Aldgate. Mais pourquoi Oxford
Street était-elle en blanc sur la carte ? Il demanda à
un policier qui lui répondit en saluant :

— Parce que vous n'avez pas le droit d'y aller,
monsieur. Vous feriez mieux de longer Piccadilly,
de contourner le Circus, de monter par Shaftesbury
Avenue vers la *New* Oxford Street et après, c'est
tout droit.

Salter le remercia et se replongea dans son plan.
Ça avait l'air assez facile. Il tourna à droite au carrefour suivant, puis à gauche à Piccadilly. En passant,
il remarqua que, dans ce pays, les piétons n'avaient
aucun droit quand une voiture voulait tourner. Il fit
deux fois le tour du Circus, sans parvenir à repérer
Shaftesbury Avenue tandis qu'il s'acharnait à garder
sa place dans le flot de voitures qui l'encerclait de
toutes parts. Il finit par se mettre sur la gauche et
par choisir ce qui lui sembla une sortie ; en un rien
de temps, il fut dans Trafalgar Square. Un chauffeur
de taxi sympathique lui donna quelques indications
supplémentaires ; Salter monta vers le nord. *Surveille
les ponts*, se disait-il. *Si je traverse la Tamise, c'est
gagné*. À St. Giles's Circus, il repéra du coin de l'œil
la rue qu'il cherchait ; maussade, il prit Tottenham
Court Road vers Euston Road, qui avait l'air d'un axe
important, et après avoir tourné trois fois à gauche,
il s'y retrouva, de nouveau en direction de l'est. Quand
il stoppa pour consulter son plan, il vit qu'il était sur
la bonne voie, à condition de rester sur Euston Road.

— Pentonville Road, City Road, Great Eastern
Street, se récitait-il.

Il vit alors des panneaux indiquant l'A13, qu'il
savait être sa route ; après cela, ce fut facile. Quand

il s'arrêta pour une pause – juste après Stratford, la route tournait si brusquement autour d'une église qu'il avait un peu paniqué et avait besoin de reprendre ses esprits –, il se rendit compte qu'il n'était plus qu'à cinq kilomètres de sa destination. Il était une heure et demie.

Le 78, Uppingham Road était la dernière demeure d'une rangée de maisons mitoyennes qui avaient l'air de dater de la Première Guerre mondiale. Les places de stationnement étaient toutes prises des deux côtés de la rue; Salter eut du mal à trouver où se garer, mais il finit par réussir à se faufiler dans un espace techniquement prévu pour un scooter. Il revint à pied vers le numéro 78, où il frappa à la porte et actionna la sonnette; immédiatement, il entendit une voix chantonner « J'aaaaaarriiiiiiiiiiiiiiiive! », un bruit de traînement de pieds et un chien qui se mettait à aboyer.

La porte s'entrouvrit d'une quinzaine de centimètres : apparut une tête chauve dont la forme ovoïde était accentuée par celle des lunettes de son propriétaire.

—Oui? demanda l'homme.

Le visage n'était qu'à un mètre du sol, mais Salter connaissait déjà le phénomène : c'est de cette hauteur que l'on parle généralement quand on s'efforce d'empêcher le chien de sortir, ce qui se produit dans environ la moitié des maisons en Angleterre. « Kessekvouvoulez? » semblait dire le visage.

Salter montra son badge.

—Puis-je vous parler un moment?

—Pour quoi faire?

—Je recherche un certain monsieur Johnny Bessell. Pouvez-vous m'aider?

— Pourquoi ?

— Un de mes copains l'a connu pendant la guerre. C'est vous ?

— Non, c'est pas moi, 'tendez une minute. Faut juste que j'aille enfermer Jackie dans l'arrière-cuisine.

La porte se referma puis s'ouvrit de nouveau quelques instants plus tard ; Salter fut invité à entrer dans le minuscule vestibule. Du fond de la maison, on entendait un Jackie enragé qui s'efforçait de ronger la porte de sa geôle.

— V'nez par ici.

L'homme précéda Salter dans la pièce qui donnait sur la rue et l'invita à s'asseoir dans l'un des deux énormes vieux fauteuils.

— C'est quoi son problème ?

— Il n'a pas de problème. Je veux seulement lui parler.

— Z'aurez d'la chance si vous y arrivez. L'est mort v'là deux ans, annonça le petit homme.

— Mort ? demanda Salter, suffoqué. Depuis deux ans ?

— C'est ça. Noyé dans le lac « chépuquoi ».

— Où ça ?

— Le lac Toronto. Au Canada.

— Il n'y a pas de lac Toronto. Ontario, vous voulez dire ?

— C'est ça.

— Vous êtes sûr ?

— Chus sûr de rien, mon vieux. C'est ce qu'on m'a dit v'là deux ans quand ils sont venus me voir. Les flics, je veux dire. Bon, qu'est-ce que vous allez faire, maintenant ?

— Mon ami, qui l'avait connu pendant la guerre, m'a juste demandé de le rechercher.

— C'est des foutaises, tout ça, lâcha l'homme sur un ton agressif. M'auriez pas montré votre maudite carte de police montée si vous étiez juste venu chercher un copain, non ?

— Je ne suis pas de la police montée, rectifia Salter, mais vous avez raison. Je cherche quelqu'un d'autre, et si j'avais pu mettre la main sur Johnny Bessell, il m'aurait peut-être donné une piste. Vous pouvez toujours me fiche dehors, si vous voulez.

— Je sais, fit le petit homme en ricanant.

Salter se leva. Il avait espéré recueillir quelques renseignements grâce à son petit mensonge, mais cela devenait délicat. Son hôte était selon toute vraisemblance le genre d'homme fier de connaître ses « droits ». Il le voyait déjà porter plainte auprès de la police locale, ce qui vaudrait à Salter de se faire passer un savon par Hamilton, voire par Orliff. Il était temps de partir.

— Vous énervez pas, lança le bonhomme. Asseyez-vous. Je suis le frère de Johnny, mais je l'ai pas vu depuis trente ans qu'il est parti au Canada.

Salter se rassit.

— Que lui est-il arrivé quand il a quitté l'armée ?

— Il a vécu ici pendant quelques années, avec moi. J'avais promis à maman que je l'hébergerais. Ma femme et moi – elle n'est plus, maintenant – avons pris la maison quand maman est morte, avant le retour de Johnny. Il était toute ma famille, à ce moment-là, et en plus, c'était chez lui, ici. Mais on s'est jamais bien entendus. Ma femme pouvait pas le supporter, voyez ?

— Il est donc parti au Canada ?

— Après ses études, oui. Il était expert-comptable. Quand il a décroché son diplôme, il a sacré son camp. Est-ce qu'il a eu des problèmes ?

—Non, répéta patiemment Salter. Dans quel coin s'est-il installé?

—Je sais pas. La dernière fois qu'on a eu de ses nouvelles, il était à Toronto.

—Êtes-vous restés en contact?

Dans l'arrière-cuisine, le chien hurlait à la mort.

—Non, répondit Bessell. Il nous a envoyé des cartes de vœux pendant quelques années, puis plus rien. On n'a jamais été très proches, et quand Monsieur a eu son diplôme, Manor Park n'était plus assez bien pour lui.

—Quand avez-vous eu de ses nouvelles pour la dernière fois?

—Y a vingt ans, j'dirais. Ouais, c'est ça. Je voulais vendre la maison parce que beaucoup de gens de couleur étaient en train de s'installer ici. L'agent immobilier m'a dit que, légalement, Johnny possédait encore la moitié de la maison, même si c'est moi qui avais tout arrangé, décoration et tout, parce que maman nous l'avait léguée à tous les deux. Je lui ai donc écrit à la dernière adresse que j'avais et il m'a répondu qu'il voulait pas de la moitié qui lui revenait. Il avait sans doute bien réussi dans la vie, hein?

—Et c'est la dernière fois que vous avez entendu parler de lui?

—C'est ça. Je lui ai écrit quelques cartes, mais il a plus jamais donné de ses nouvelles.

—Il n'est jamais revenu vous voir?

—Non, pas question. Vera le détestait. Il le détestait vraiment. Quel dommage! Elle est partie, elle aussi, et maintenant, je suis tout seul et mes jambes ne me portent plus beaucoup. J'aurais aimé le revoir. Une tasse de thé?

—Non merci, monsieur Bessell. Je suis désolé de vous avoir dérangé.

Le vieil homme eut l'air désemparé.

—Non, non, vous avez bien fait de venir. À dire vrai, je pense que Vera a pas été très gentille avec lui. Et dire que je l'ai laissée le mettre dehors… Mais on doit soutenir sa femme, non ? En tout cas, c'était gentil de sa part de nous céder la maison, vous trouvez pas ? Elle pouvait vraiment pas le voir. En tout cas… (Il soupira.) Dommage que je l'aie jamais revu. Mais je veux pas avoir d'ennuis s'il avait des problèmes, ajouta-t-il finalement. Il se passe bien quelque chose, sinon vous seriez pas là, non ?

Il se leva pour raccompagner Salter. Dès que la porte fut refermée derrière lui, Salter entendit Bessell rassurer son chien et lui dire qu'il venait lui ouvrir la porte. Il perçut les échos de la charge du chien qui se ruait sur Bessell, puis le bruit que fit ce dernier en se cognant contre la porte. *Drôle de façon de tenir une maison*, se dit Salter en rejoignant sa voiture.

Au bout de la rue, il tourna à gauche pour s'infiltrer dans l'embouteillage chronique de Romford Road. À côté de lui, un jeune en casque intégral attendait, juché sur sa moto vrombissante. Mû par une soudaine impulsion, Salter descendit sa vitre et demanda au garçon comment traverser Londres par la M40.

—Amerloque, hein ? dit le motocycliste avec un sourire. Mmmm… pas facile, ça, mon vieux. J'ai un de mes copains qui prend toujours le North Circular, mais à mon avis vous feriez mieux d'aller tout droit. Un peu risqué, mais c'est ce que je fais toujours. Le truc, quand vous arrivez à Bank, prenez

Cheapside en direction de Holborn. À Tottenham Court Road, prenez directement Oxford Street vers le sud. Occupez-vous pas des putains de panneaux ! Et si on vous arrête, faites l'idiot.

À peine le feu était-il passé au vert que la voiture qui était derrière lui klaxonna. Le jeune motard se tourna lentement sur son siège :

— Ta gueule, connard ! grogna-t-il à l'adresse du chauffeur impatient, ou je vais venir m'occuper de toi !

L'interpellé releva sa vitre ; le jeune se retourna vers Salter et lui sourit chaleureusement.

— C'est bon, chef ? N'oubliez pas : Bank, Holborn, Oxford Street. Compris ?

Le feu passa au jaune ; Salter et le motard traversèrent le carrefour, laissant le « klaxonneur » attendre le feu vert suivant.

Beau mélange de Tweedledum et de Tweedledee, songea Salter.

◆

Ce soir-là, à Tokesbury Mallett, Salter expliqua la situation à Annie.

— Bessell s'est noyé il y a deux ans dans le lac Ontario, conclut-il.

— Mais Dillon a dit à la fille de Valdottavo qu'il était mort en Italie quand ils ont tenté de s'enfuir !

— Exact. Pourquoi ? Que s'est-il passé dans les collines ?

— Peut-être que Dillon n'a fait que supposer qu'il était mort. C'est possible, si Bessell a été porté disparu et que Dillon n'a pas effectué des recherches après la guerre.

—Ils étaient copains : il serait allé voir la famille de Bessell.

—Mais comment aurait-il pu ? Il était lui-même porté disparu. Il n'aurait pas pris ce risque.

Salter réfléchit à la question.

—Possible, dit-il. Possible... Mais ça n'explique pas le reste, tu ne crois pas ?

—Tu veux dire cette histoire avec la Rundstedt ?

—Et Parrott, le gars qui m'a emmené aux courses. Il a vécu un moment à Toronto. Il y a décidément trop de coïncidences, trop de liens avec Toronto.

—Et avec Dillon ?

—Peut-être.

—Tu penses qu'il y a un lien entre Rundstedt, Dillon, Bessell et Parrott ? Ça a l'air un peu fou, Charlie.

—C'est ce qu'Orliff dirait. Mais c'est vraiment troublant, non ?

—Nous aussi.

—Quoi ?

—Nous aussi, nous sommes Canadiens, et de Toronto, en plus. Pour cette raison, Hamilton aurait dû enquêter sur nous immédiatement.

—Oh, il l'a fait.

—Comment ? ! ?

—Écoute, mon amour, quand on trouvè un cadavre dans un hôtel et qu'il y a une demi-douzaine de suspects à portée de la main, on enquête sur tout le monde.

—Même sur moi ?

—Évidemment !

—Alors, quelle est ton opinion ? Que penses-tu de tout ce beau monde ?

—Eh bien, voilà : Dillon et son copain de régiment connaissaient tout l'un de l'autre. Ils se sont peut-être vus à Toronto, mais pour une raison que j'ignore, quand Dillon est allé à Valdottavo, il a raconté que Bessell était mort en Toscane. Peut-être savait-il que Bessell était vraiment décédé depuis. Je suis sûr que Rundstedt connaissait Dillon, et à mon avis, Parrott et Rundstedt étaient plus que de simples partenaires de lit qui auraient passé une nuit ensemble au Swan. Je pense qu'ils savaient un truc sur Dillon, quelque chose en rapport avec Bessell.

— Et alors, que vas-tu faire de tout ça ?

— Je vais aller le raconter à Hamilton demain matin. Selon moi, Hamilton a complètement négligé la carte postale et il s'efforce toujours de dénicher une personne qui en voudrait à Dillon. (Salter sourit.) Il doit être en train de passer la pègre au peigne fin. Ça va être amusant de lui parler de Bessell.

— Demain matin, donc ? Et après, tu reviens à nos vacances ?

— Bien sûr.

— À mon avis, tu joues avec le feu, Charlie. Hamilton ne sera pas très content, non ?

— Sans doute que non. J'y compte bien.

— OK. Mais après-demain, je veux qu'on parte vers le nord.

— Tes désirs sont des ordres, répondit Salter.

— Bien. On annonce un temps nuageux dans le nord-ouest, avec un risque d'averse. Quoi qu'il en soit, je vais perdre ma copine. Maud et Henry rentrent chez eux.

— Demain ?

— Oui. Au fait, cet après-midi, à Coutsbury, Maud nous a fait le plus beau compliment qui soit : elle a dit que c'étaient les meilleures vacances qu'elle et Henry avaient eues depuis leur mariage.

— Elle a vraiment dit ça ? Et tout ça grâce à nous ?

— Essentiellement. Elle m'a confié qu'avant les vacances, Henry et elle avaient eu des problèmes.

— Pourquoi ? Henry semble un gars très correct. En plus, ils vont bien ensemble : elle veut tout savoir sur tout le monde et lui, il se fiche de tout, sauf de ses rats. C'était quoi, le problème ? Henry avait une petite amie ? Ou Maud, un petit ami ?

— Rien de ce genre, ce serait même plutôt le contraire. Apparemment, elle se refuse à Henry et, pourtant, elle l'aime encore, je pense. Ça te surprend ?

— Rien ne me surprend dans la vie des autres, sauf le fait qu'ils la racontent. Elle ne pouvait plus le supporter ? Au lit, j'entends ?

— Ce n'est pas ça non plus. Elle avait juste l'impression de mener une vie étriquée, et elle est assez intelligente pour se rendre compte que sa curiosité à propos de tout le monde fait un peu vieille fille. C'est ce qu'un stupide copain de Henry lui a dit. Il lui a déclaré qu'elle substituait la curiosité à l'expérience et que ça ne ferait qu'empirer. Il lui a conseillé de vivre sa vie au lieu de vivre par procuration celle des autres. Elle s'est même demandé si Henry et elle ne devraient pas se séparer.

— Que s'est-il passé alors ? s'enquit Salter, qui n'avait pas soufflé mot à Annie de la conversation qu'il avait eue avec Maud à Florence.

— C'est là que nous sommes arrivés. Elle m'a beaucoup parlé. C'est fou comme on peut s'ouvrir à quelqu'un qu'on ne reverra jamais ! C'est pour ça qu'elle voulait rester avec nous et nous suivre à Florence. Elle nous considérait – nous, Charlie, tu imagines ! – comme des gens qui connaissent la vie et elle m'a tiré les vers du nez – non, je suis injuste : elle n'est pas allée jusque-là –, elle m'a demandé de lui expliquer comment les gens de notre génération et de la leur vivent aujourd'hui.

—J'espère que tu ne le lui as pas dit !

—Bien sûr que oui, je le lui ai dit. Elle est de toute évidence incroyablement naïve quand elle parle de la vie des autres. À moins que ce ne soit moi. Non, c'est elle, la naïve. Elle l'explique très bien : elle a toujours adoré la lecture et le théâtre et, quand elle était jeune, les livres et les pièces de théâtre étaient le reflet de la vie telle qu'elle la connaissait. Mais depuis ces dix dernières années, plus rien ne ressemble à ce qu'elle connaît. Elle a commencé à se sentir comme la dame de Shallot, à regarder la vie passer.

—Et maintenant, c'est fini, simplement parce qu'elle a parlé avec toi ?

—Je pense qu'elle a trouvé du réconfort auprès de nous, Charlie. Ce qui compte, c'est qu'elle rentre à Watford heureuse, qu'elle considère qu'elle a de la chance d'avoir Henry et qu'elle ait l'espoir de vivre une vieillesse intéressante.

—Intéressante mais un peu moins fouineuse, hein ?

—J'imagine. Elle s'est rendu compte que sous la surface tranquille de la vie de la plupart des gens, on découvrait une mare stagnante.

Simplement en parlant avec moi ? pensa Salter.

—Et Henry ? Est-il conscient de tout ça ? demanda-t-il.

—Nous n'avons pas beaucoup parlé de lui, mais il a lui aussi des angoisses, je pense. Il m'a fait des avances à Florence.

— Pour l'amour du ciel !

— Rien de grave. Il m'a passé un bras autour des épaules sur la Piazza del Duomo. Je pense que c'était juste par galanterie, juste au cas où ça se ferait, chez les Canadiens.

— Ah, le salaud ! s'écria Salter, qui se mit à rire. Bien, bien, bien, je suppose qu'il faut que je le provoque en duel ?

— Surtout, pas un mot là-dessus. Maintenant, monte mettre une cravate pour le dîner, ils vont bientôt descendre.

Avant de monter dans sa chambre, Salter alla téléphoner à Toronto ; il dit quelques mots à son sergent, qui le rappela avant même qu'il eût fini de s'habiller.

— Alors, qu'as-tu découvert, Frank ? demanda-t-il.

Il était en train de nouer sa cravate d'une seule main, debout à la réception, car il n'y avait pas le téléphone dans les chambres au Plough. Annie l'observait depuis le bar.

Frank Gatenby, l'adjoint de Salter à la voix douce et aux cheveux blancs, commença :

— Je vais vous lire tout ce que j'ai trouvé, annonça-t-il. *Primo*, John Stanley Bessell est une personne disparue. (Il marqua une longue pause.) Intéressant, non, Charlie ?

— Lis-moi tout ce que tu as, Frank. On discutera de tout ça quand je serai de retour à Toronto, pas quand ça coûte dix dollars la minute.

— Désolé. Donc, Johnny Bessell est – ou était – une personne disparue. Il y a deux ans, il faisait de la voile sur le lac Ontario. On a retrouvé son bateau à la dérive au large des falaises de Scarborough, mais lui n'a jamais réapparu. Maintenant, il est officiellement décédé. Rien ne permet de supposer qu'il a quitté le pays et il ne s'est jamais manifesté autre part. Sa disparition était considérée comme un accident avec une possibilité de suicide, parce que c'était un bon marin.

—Pourquoi se serait-il suicidé?

—Il était sur le point d'avoir des ennuis avec nous. Avec l'escouade des fraudes, pour être plus précis. Il était associé dans une petite entreprise de construction avec un copain nommé Michael Cossitt; quand on a enquêté sur l'accident, certains éléments ont fait surface, puis beaucoup d'autres. Vous voulez que je vous lise tout ça, Charlie? J'ai environ vingt pages d'exposé sur leurs agissements.

—Quel genre d'agissements?

—Fraude et évasion fiscale. Trente-sept chefs d'accusation au total.

—Que s'est-il passé?

—Cossitt, le partenaire, a fait de la prison. Il niait tout. Selon lui, Bessell était le seul responsable de la comptabilité et lui n'était au courant de rien. Mais son nom figurait sur les chèques et il avait plus d'argent qu'il n'aurait dû en avoir d'après sa déclaration de revenus; c'est là-dessus qu'ils l'ont coincé.

—Et on n'a plus jamais entendu parler de Bessell?

—Non. Pourquoi?

—Simple curiosité. Ce type avait déjà ressuscité une fois. Et Dillon?

—Rien sur lui. Il n'a jamais immigré ici officiellement. Le ministère de l'Immigration ne sait rien de lui, et personne d'autre non plus.

—Merde! Et Rundstedt?

— On avait déjà enquêté sur elle, à la demande des flics anglais. Rien du tout. Ce n'est qu'une gentille dame canadienne en vacances.

— Et Parrott ?

— Rien de rien là non plus. Personne ici n'a jamais entendu parler de lui.

— OK. Merci. Je te rappellerai si j'ai besoin d'autre chose.

Salter raccrocha et rejoignit Annie au bar.

— Alors, tu as une théorie, Charlie ?

— Je pensais seulement qu'il valait mieux que je fasse ma petite enquête auprès de Frank avant de parler de tout ça à Hamilton. Maintenant, je regrette de l'avoir fait : Bessell s'est bel et bien noyé dans le lac Ontario, Rundstedt est vraiment ce qu'elle paraît être et on n'a jamais entendu parler de Dillon ni de Parrott.

— Voilà qui met un terme à l'hypothèse de la conspiration canadienne !

— J'imagine. Mais je ne sais pas... Il y a encore quelque chose qui me chicote. Parrott m'a dit avoir travaillé pour le gouvernement du Manitoba et il connaissait l'hippodrome de Greenwood. Mais Gatenby m'a dit qu'il n'y avait aucun dossier sur lui. (Il haussa les épaules.) Quoi qu'il en soit, je n'ai plus rien à faire.

— Bien, répliqua Annie. Voilà Maud et Henry.

◆

— Vous partez, à ce qu'il paraît, dit Salter à Henry une fois qu'ils furent attablés dans la salle de restaurant.

— Oui, demain, répondit Henry. Je suis très heureux d'avoir fait votre connaissance, Charlie.

Vous nous avez sauvés d'un destin pire que la mort: trois semaines dans un hôtel anglais sous la pluie. Et vous?

— Oh oui, nous nous sommes bien amusés.

— Non, je voulais dire: allez-vous rester un peu ici?

— Notre départ pour la région des lacs est imminent, répondit Annie.

— Dans un jour ou deux, en tout cas, précisa Salter.

Une bouteille de vin fut posée sur la table sans qu'ils l'eussent commandée.

— Qu'est-ce que c'est? demanda Henry.

— Trouvée dans la cave, répondit le patron par-dessus son épaule – ou, plutôt, en s'adressant à la porte de la cuisine. Pas dans l'inventaire. Excédentaire. C'est la maison qui offre.

— Comme c'est gentil! s'exclama Maud, qui fut la première à se ressaisir. On reviendra!

— C'est le but, commenta le patron à l'intention du tableau d'affichage.

◆

Le lendemain matin, Salter passa au poste de police pour demander à Churcher de lui accorder une demi-heure: il voulait lui faire part d'une idée qui lui avait traversé l'esprit. Pendant la nuit, il avait échafaudé une théorie qui était cohérente avec les renseignements fournis par Gatenby – ou avec l'absence de renseignements.

— Je vois, je vois, fit Churcher. Alors comme ça, vous pensez que ce Bessell, qui est mort en Italie puis au Canada, est toujours en vie?

— Je pense qu'il est possible qu'il soit vivant. Si ça vous paraît idiot, restons-en là.

— Je trouve que ça ressemble à un roman. Maintenant, venons-en au deuxième point : vous pensez qu'en plus il était dans le village la nuit du meurtre. Qu'il se fait appeler Parrott.

— Je pense qu'il est possible que Parrott et Bessell ne soient qu'une seule et même personne, oui.

— Et, selon vous, Bessell serait tombé sur quelque chose de sordide dans le passé de Dillon et l'aurait fait chanter ?

— Ou l'inverse. Dillon aurait pu savoir quelque chose sur la disparition de Bessell et le faire chanter, lui.

Salter regarda Churcher tenter d'enregistrer les deux possibilités en même temps.

— La première hypothèse paraît la plus probable, non ? lâcha finalement Churcher. La carte postale de Valdottavo et l'inscription dans le registre de l'hôtel laissent supposer que c'est Bessell qui a approché Dillon. Et Dillon, après tout, était un déserteur : il aurait pu faire n'importe quoi au cours des trente dernières années.

Salter reconnut que le raisonnement se tenait.

— Ces deux gars étaient ensemble en Italie, résuma-t-il. Ils se sont séparés. Apparemment, seul l'un des deux est rentré en Angleterre, mais l'autre a finalement refait surface. S'il s'est passé quelque chose, ça remonte probablement à cette époque. L'un des deux – Dillon, par exemple – a laissé tomber l'autre, mais comme l'autre était mort de toute façon, ça n'a pas été plus loin. Bessell a survécu et oublié son vieux copain, sur lequel il a fini par tomber… (Salter se tut.) Mais bien sûr ! fit-il. Dillon est retourné à Valdottavo il y a deux ans, époque à laquelle il a rencontré sa future femme à Lucca. Un pèlerinage… Si Bessell avait eu la même idée – ce serait une coïncidence, mais c'est possible –, il aurait eu des renseignements sur Dillon. Il aurait pu obtenir son adresse en Angleterre et être venu le voir. Il y a un mois, un gars cherchait des informations sur Dillon à Valdottavo. Bessell. Mais pourquoi ne s'est-il pas montré ?

Churcher eut un air entendu :

—Parce que ce n'était pas une coïncidence, Charles. D'une manière ou d'une autre, il devait avoir découvert que ce Dillon qui l'avait laissé tomber était toujours de ce monde et il a commencé à le chercher à Valdottavo, où il pensait que l'autre avait pu retourner.

—Bien. Arrêtons de niaiser, Churcher. Avez-vous trouvé autre chose sur Dillon ?

—Pas vraiment. Apparemment, il était orphelin. Il s'est engagé très jeune dans l'armée au cours des années trente. On pense qu'il a fait la connaissance de Bessell en Afrique du Nord, avant l'ouverture du front italien.

—Pourquoi n'était-il que simple soldat ?

—Il a été promu caporal deux fois ; mais chaque fois, il a été rétrogradé. Il avait souvent des ennuis. C'était un peu un franc-tireur, à ce qu'il semble. Il a été plusieurs fois félicité pour sa débrouillardise, mais il a été puni deux fois pour absence non autorisée et les deux fois il a perdu ses galons.

—En fait, c'était exactement le genre de gars à se débrouiller pour rentrer en Angleterre et disparaître dans les rues plutôt que de retourner au front. Seul Bessell savait ce qui s'était réellement passé là-bas,

en Toscane, et Dillon savait que Bessell ne voudrait
ou ne pourrait pas attester qu'il était encore vivant.

— Il a tout du fricoteur, ce type.

— Comment ça ?

— Rusé, magouilleur, voleur. Une sorte de Duddy
Kravitz, lança Churcher qui regarda avec fierté
Salter en attendant que ce dernier relève la référence.

— Moi qui croyais que le seul Canadien dont
les Anglais avaient jamais entendu parler était
Honest Ed, répliqua Salter pour souligner la culture de Churcher.

— Ma femme lit beaucoup, expliqua Churcher.
Elle me recommande certains livres. J'ai moi-même
très peu de temps pour la lecture, mais je m'efforce
de lire un livre par mois.

— Bon. Vous n'avez rien trouvé sur les activités
de Dillon après la guerre ?

— Pas vraiment.

— Et les autres, Parrott et Rundstedt, sont-ils
connus de vos services ?

— Je ne crois pas.

Churcher avait l'air mal à l'aise.

— Je suis de plus en plus convaincu que Parrott
n'est nul autre que Bessell, Charles. Je ne vois pas
d'autre solution, affirma Salter.

— Mais ce n'est qu'une hypothèse délirante,
n'est-ce pas ?

— Pas tant que ça. Je sais qu'il interrogeait les
gens à mon propos. Je suis quasiment sûr que lui
ou Dillon a fouillé mes vêtements et découvert que
j'étais flic. Pour moi, c'est évident que Parrott et
Dillon se connaissaient. C'est également évident que
notre madame Rundstedt est impliquée dans tout
ça. Parrott était son alibi en cas de besoin, mais

personne n'a relevé que, du coup, elle était aussi l'alibi de Parrott. Hamilton ne recherchait pas Parrott. Savez-vous s'il a un tant soit peu enquêté sur Parrott ?

— Nous avons pris sa déposition, bien sûr, simplement pour éliminer Rundstedt. Comme vous le savez, Parrott et elle – comment dit-on, déjà ? – s'envoyaient en l'air la nuit du meurtre. Apparemment, elle couchait avec tout le monde. Une femme comme elle ne peut que causer des problèmes, vous ne croyez pas ? D'après Mario et madame Dillon, Dillon n'avait jamais regardé une autre femme depuis son mariage et, en tout cas, jamais une de ses clientes, avant que la Rundstedt ne vienne onduler de la croupe devant lui. Maudite pute !

— Maudite pute canadienne, vous voulez dire, corrigea Salter.

Salter se demanda s'il devait laisser tomber. Selon toute vraisemblance, Churcher n'était vraiment au courant de rien. Il fit une dernière tentative :

— Mon hypothèse, Charles, c'est qu'elle ne baisait peut-être pas avec Dillon. Elle était peut-être de mèche avec Parrott. Une sorte de messagère que connaissaient les deux, Parrott et Dillon. La conversation que Lèche-botte a entendue m'a tout l'air d'avoir été une longue conversation sur un sujet plus important qu'une simple baise.

— Possible. Je pense que je ferais mieux d'appeler le surintendant Hamilton maintenant pour lui soumettre votre hypothèse. Je lui ai transmis votre message à propos de vos découvertes sur Bessell.

Donc, ma petite ruse n'a pas fonctionné. J'aurais pu aussi bien en parler moi-même à Woodiwiss, se dit Salter.

— Qu'a-t-il dit ? s'enquit-il.

— Il a dit que vous étiez un petit malin et il a raccroché.

Churcher avait rougi, mais il avait l'air légèrement satisfait.

— Bon : appelez-le et expliquez-lui que je viens de passer pour vous dire que j'aimerais lui parler. Faites-lui aussi savoir que je vais l'appeler cette après-midi.

— Entendu. Ça me paraît être une bonne idée. Après tout, ce n'est pas mon enquête, n'est-ce pas ?

— Bien. Maintenant, venez prendre une bière et un sandwich avec moi.

Salter voulait à tout prix éloigner Churcher de son téléphone.

— Je mange généralement mon sandwich au bureau, Charles. Pour gagner du temps. Ma femme me le met dans mon attaché-case.

Il brandit un sandwich enveloppé de papier qu'il avait extrait de son porte-documents.

Tant que les soldats mangent à leur poste, la guerre contre le crime ne connaît pas de répit à Tokesbury Mallett, songea Salter.

— Gardez-le pour demain, insista-t-il. Je vous invite.

— Ah, dans ce cas… Au Swan ?

— Non, pas au Swan. À l'Eagle and Child.

— Ce bon vieux pub, hein ? Je vous suis, Charles !

Salter était heureux de voir Churcher retrouver un peu d'entrain. Pas de doute : il survivrait.

◆

— Je crois qu'après tout je devrais parler de votre idée au surintendant Hamilton, Charles, au cas où il y aurait du vrai là-dedans, déclara Churcher dès qu'ils furent de retour au poste après le déjeuner.

— Je suis de cet avis. Protégez vos arrières ! On ne sait jamais, ça pourrait chauffer… Vous n'avez qu'à dire que je suis entré dans votre bureau et que je vous ai jeté ça à brûle-pourpoint, d'accord ? Appelez Hamilton et transmettez-lui mon message.

Churcher s'exécuta. Quand il fut en ligne avec Hamilton, il récita ce dont Salter et lui avaient convenu puis écouta quelques instants avant de reposer le combiné, l'air effrayé.

— Il veut que nous passions tous les deux au quartier général immédiatement, fit-il. Il a l'air un peu en colère…

Il ne peut rien contre moi, pensa Salter.

◆

— Alors comme ça, Salter, on joue au détective ? demanda Hamilton dès qu'ils entrèrent dans son bureau. Un pied dans chaque pays, c'est bien ça ? Parfait, exposez-moi encore une fois vos déductions. Laissez-nous, voulez-vous, Churcher ? Ce monsieur s'apprête à recevoir l'engueulade de sa vie ; je ne voudrais pas vous imposer ça.

Une fois que Churcher eut refermé la porte derrière lui, Hamilton, d'un signe de tête, invita Salter à raconter son histoire. Salter se répéta mentalement que Hamilton ne pouvait porter plainte que pour ce qui le concernait directement et il relata comment, pendant son séjour en Italie, il avait découvert une piste reliant Toronto à Tokesbury Mallett.

— Et alors, qu'en concluez-vous, cher inspecteur ?

Hamilton était d'humeur moqueuse, mais il ne semblait pas vraiment en colère.

—D'après moi, il est raisonnable de penser que Johnny Bessell s'est pointé ici quand il a disparu à Toronto, en emportant peut-être une partie de l'argent qu'il est accusé d'avoir détourné. Il a découvert que Dillon, son compagnon d'armes, était toujours vivant ; Bessell savait quelque chose sur Dillon et a commencé à le faire chanter. Il est allé trop loin et Dillon a sorti un couteau. Ils se sont battus et Dillon est mort. Et Bessell s'est envolé.

—Pour aller où ?

Salter fit un geste d'ignorance.

—Vous le retrouverez. Ils pourront vous donner un signalement, à Toronto.

Va chier, Raspoutine.

—Bien, bieeeen, fit Hamilton. Donc, maintenant, nous savons que c'est l'un de vos compatriotes. Mais, à part ça, nous revenons au point de départ : nous cherchons toujours qui se cache derrière cette inscription dans le registre de l'hôtel et nous pensons qu'il s'agit de Johnny Bessell.

Hamilton marqua une pause, puis ajouta :

—Un homme dont on n'a aucune trace d'un éventuel passage en Toscane au cours des trois derniers mois, selon la *polizia*.

Salter haussa les épaules. *Ainsi donc, les Anglais sont moins empotés que je ne l'aurais cru. Si tu avais été franc avèc moi, on ne serait pas assis là à jouer au chat et à la souris dans ton bureau,* songea-t-il en oubliant temporairement qu'il n'avait nul droit à quelque information que ce fût.

— Vous avez vérifié la piste de Valdottavo ? s'enquit-il.

—Évidemment que nous avons vérifié la maudite piste de Valdottavo. Pas en traînant nos savates

avec les paysans du coin, je dois préciser, mais en
contactant nos amis de Lucca qui m'ont déniché
l'histoire de Dillon et Bessell en quelques heures.
Et depuis, nous recherchons Bessell.

— Quand j'étais à Valdottavo, les gens du coin
ne m'ont pas mentionné que quelqu'un d'autre en-
quêtait là-dessus, objecta Salter, dont la curiosité
surpassait le désir d'éviter l'humiliation.

Hamilton éclata d'un rire tonitruant :

— Vous auriez dû demander à la *polizia* de
Lucca. Ils se sont informés auprès des *carabinieri*
de Valdottavo pour nous. Tout le monde est au
courant. De toute façon, la *polizia* ne vous aurait
rien dit, figurez-vous : on lui avait demandé de ne
pas parler aux flics canadiens.

— Vous saviez que j'allais à Valdottavo ? s'é-
tonna Salter.

— Et pour quelle autre raison seriez-vous parti
comme ça à Pise ? Certainement pas pour aller voir
cette putain de tour penchée. Parce qu'il pleuvait à
Tokesbury Mallett et que ça paraissait une bonne
idée, peut-être ?

Hamilton rit encore. Il s'amusait comme un
petit fou.

Salter comprit tout à coup :

— Le sergent Woodiwiss, bien sûr ! Il m'a vu
sortir de l'agence de voyages. Vous me surveilliez.

— Vous avez éveillé sa curiosité, Salter. Et la
mienne. Je me demandais jusqu'où vous iriez. Et
maintenant, vous êtes bien eu… D'ailleurs, même
sans Woodiwiss, on aurait su ce que vous fabriquiez.
Surtout, n'envisagez pas de devenir détective privé
quand vous serez à la retraite, Salter. L'un des gars
du coin vous a trouvé louche et il en a parlé aux

carabinieri qui m'ont appelé hier pour me raconter que vous vous promeniez dans les collines de Toscane. Et donc, nous voilà revenus au point de départ, à rechercher ce mystérieux Johnny. Vous avez des suggestions à me faire ?

— Pas pour le moment, répondit Salter, qui se sentait très solidaire de Churcher.

— Si vous avez encore des idées, prévenez-moi, entendu ? Je pourrais bien vous éviter des problèmes. Comme vous le savez, on n'a pas vu Johnny Bessell dans les environs de Manor Park dernièrement.

Salter le regarda fixement :

— Quand j'ai parlé à son frère, il ne m'a pas dit qu'il avait déjà été interrogé par les flics…

Il regretta aussitôt son intervention. Hamilton grimaça un sourire :

— Il ne l'avait pas encore été, à ce moment-là. Mais quand on a su que vous alliez le voir, les gars d'Ilford s'y sont rendus après votre passage pour voir ce que vous mijotiez. Merci pour le tuyau. Évidemment, nous connaissions l'ancienne adresse de Bessell, mais étant donné ce que vous saviez, nous pensions que ça n'en valait pas la peine. Jusqu'à ce que vous décidiez d'avoir une petite conversation avec lui.

— Je n'ai dit à personne où j'allais, observa Salter.

Hamilton le regarda jusqu'à ce que Salter trouvât lui-même la réponse à cette énigme :

— Le sergent Robey ? demanda Salter.

— Bravo, Salter. Bravo. Eh oui. Robey vous a entendu raconter des salades au sergent Woodiwiss quand vous avez répondu au téléphone dans le bureau de Churcher et dès que vous êtes parti pour Londres, il a appelé Woodiwiss. La vérité, mon vieux, c'est qu'on suit vos progrès à distance depuis le début. Vous vous en êtes plutôt bien sorti.

— Merci, répliqua Salter. Quoi qu'il en soit, vous n'avez toujours pas attrapé Bessell, n'est-ce pas ?

— Ça ne saurait tarder. Et maintenant, je vous suggère de nous foutre la paix, d'accord ? On se débrouillera bien sans vous.

Salter se leva. Il se sentait idiot. Une idée presque insensée lui traversa l'esprit :

— Et Churcher, demanda-t-il, est-ce qu'il est complice de votre petit jeu ?

— Non, Salter, il n'est pas complice de mon petit jeu, comme vous dites, pas plus que du vôtre, j'imagine. Laissons-le en dehors de tout ça, OK ? Il a assez de problèmes comme ça.

Sur ce, Salter laissa Churcher le raccompagner au Plough dans un silence quasi complet. Une fois à l'hôtel, il demanda à la patronne de lui préparer du thé qu'il alla boire dans le salon des résidents en espérant qu'on le laisserait tranquille.

Il avait eu le désagréable sentiment que Hamilton le prenait pour un débutant ; il éprouvait le besoin impérieux de marquer quelques points avant que l'Anglais ne trouvât Parrott et ne conclût tout ça… ou non. Salter passa en revue tous les acteurs ou, plutôt, ceux qu'il considérait comme des acteurs de l'affaire. Il était convaincu que Parrott était Bessell et que ce Parrott/Bessell faisait pression sur Dillon. Quel était donc le rôle de Rundstedt ? Une observation de Maud lui revint en mémoire et il se demanda si Hamilton avait enquêté sur la Canadienne. Allez, un dernier coup de fil.

Il finit son thé et appela Gatenby.

—Frank, je veux que tu enquêtes sur Rundstedt pour moi. Je sais, je sais. Tu l'as déjà fait. Ce n'est qu'une charmante dame en vacances. Je veux que tu ailles plus loin. Elle a peut-être changé de nom il y a deux ou trois ans. Alors essaie tout ce qui te passe par la tête. Le Bureau des passeports, peut-être. Trouve-moi tout sur elle et rappelle-moi ici quand tu auras quelque chose. Et tiens Orliff informé de tes démarches. Dis-lui que l'honneur de notre police est en jeu.

Le seul fait de poser la question avait fourni la réponse et avant que Gatenby ne rappelle, après dîner, Salter avait déjà tout deviné.

—Bingo, Charlie! s'écria Gatenby. Je l'ai trouvée dans les archives du *Globe and Mail*. Madame Rundstedt n'est nulle autre que l'ex-madame Bessell. Elle a repris son nom de jeune fille après la disparition de son mari, pour qu'on lui fiche la paix, sans doute. Je crois qu'elle est également apparue au procès. Et après ça, elle est retournée sur le marché du travail.

—Tu n'as rien dit de tout ça aux flics anglais?

—Nous n'en savions rien, non? Je viens juste de le découvrir.

—Bien. C'est tout pour le moment, Frank.

—Au fait, Charlie, j'ai rendu compte de vos activités à monsieur Orliff et il m'a demandé de vous avertir que Hamilton vous avait probablement piégé. Qu'est-ce que ça veut dire, Charlie?

—Je suis en train de le découvrir, Frank. Mais c'est ce qu'on verra.

Il raccrocha et appela le Swan en se faisant passer pour l'adjoint de Churcher.

—Madame Rundstedt?

—Elle est partie il y a trois jours. Je l'ai déjà dit
à l'inspecteur.

—Je sais. J'aimerais juste que vous me re-
donniez son adresse.

—Je n'ai que ses coordonnées au Canada. Ça
vous intéresse ?

—Non, merci. C'est parfait.

Il n'avait aucune ressource lui permettant de
mettre la main sur Rundstedt et il était temps qu'il
fasse part à Hamilton de sa dernière découverte.
Demain matin à la première heure, se promit-il.

Il retourna au bar de l'hôtel où il raconta toute
l'histoire à Annie – en tout cas, tout ce qu'elle ne
savait pas encore.

—OK, Charlie, fit-elle. Appelle Hamilton demain
matin et laisse tomber.

Mais il restait un dernier problème :

—Madame Churcher va venir te voir dans la
matinée, annonça-t-il. Elle aimerait t'inviter à déjeuner avant notre départ.

—Oh, pour l'amour du ciel ! C'est toi qui en as
eu l'idée ?

—C'est ça ou un dîner. Ça fait trois fois que je
reporte. Tu es libre d'accepter ou non.

—Entendu. Mais demain soir, tu m'emmènes
dans le meilleur restaurant de Stratford et je veux
être assise au premier rang pour la pièce de théâtre.

—C'est bon, répondit Salter.

Il alla voir le patron de l'hôtel pour lui demander
conseil sur les restaurants en se disant qu'à la réflexion Annie avait été très indulgente à son égard.

◆

Le lendemain matin, avant le petit déjeuner, il passa un coup de téléphone à Hamilton; ce dernier n'était pas encore arrivé au bureau, aussi Salter demanda-t-il qu'on le rappelât au Plough. Ce qu'on fit une demi-heure plus tard.

— Je suis à Tokesbury Mallett, lui apprit Hamilton. Que me voulez-vous?

Salter réfléchit.

— Je vais venir vous en parler de vive voix, lâcha-t-il finalement.

Il passa la tête dans la salle à manger:

— Je reviens dans une petite heure, chérie, lança-t-il.

Il disparut avant qu'elle eût le temps de répondre.

— Alors, toujours à l'affût, Salter? railla Hamilton. Vous ne lâchez pas avant d'avoir attrapé votre homme, c'est ça?

— Non, ça, c'est la police montée, monsieur. Ils font ça à cheval. Moi, je voulais simplement vous annoncer quelque chose que j'ai appris sur notre madame Rundstedt.

— Comment l'avez-vous appris, Salter? Et quand ça? Vous n'abandonnez pas facilement, hein? Je croyais vous avoir dit d'aller vous faire foutre!

— Hier soir, j'ai parlé à mon sergent. Nous évoquions tout à fait autre chose et, incidemment, nous avons mentionné l'affaire. C'est lui qui a traité vos demandes de renseignements, voyez-vous, et il est tombé sur mon nom.

— Oui. J'ai dit à Orliff que vous nous faisiez chier.

Maudit menteur. La première chose que tu as faite, c'est d'enquêter sur un flic potentiellement malhonnête doté d'un certain goût pour les homicides.

—Qu'importe. Il s'est souvenu de quelque chose sur Rundstedt après votre appel. Ah ça, Gatenby, il a une mémoire d'éléphant! Il semble qu'elle ait récemment changé de nom.

—Ah, vraiment? Comment s'appelait-elle donc? Belle d'Ontario?

—Madame Bessell.

Hamilton se mit un doigt dans l'oreille et se tourna de profil pendant qu'il accusait le coup.

—Madame Johnny Bessell? demanda-t-il.

—Oui. La femme ou, plutôt, la veuve de notre personne disparue.

—Ils faisaient donc équipe pour exercer leur chantage?

Hamilton présenta encore son profil à Salter.

—Bessell aurait donc mis en scène son suicide pour échapper au fisc? Plus tard, il serait tombé sur Dillon en suivant la piste italienne et, ensemble, sa femme et lui auraient tenté de lui soutirer de l'argent? Ça expliquerait la présence de Dillon dans sa chambre et la conversation que ce branleur de Gregory a entendue. Je me suis efforcé de réunir tous ces éléments.

—Moi aussi. Ça colle, maintenant.

—Ça signifie que Bessell et sa femme ont travaillé main dans la main depuis le début, depuis le faux suicide jusqu'à maintenant? Ils ont dû rester en contact, non?

—Sans doute. En tout cas, ils sont entrés en rapport récemment et, maintenant, le copain de régiment de Bessell est mort et il ne fait aucun doute qu'une certaine somme d'argent s'apprêtait à changer de main. Rundstedt est très certainement impliquée.

—Ça en a tout l'air, non? Il va falloir qu'on ait une petite conversation avec elle.

— Vous pourriez retrouver sa trace par l'inter-
médiaire de l'agence de location de voitures, comme
pour la jeune Américaine. Ça ne devrait pas vous
prendre longtemps.

— Ça ne prendra pas plus d'une heure. Elle est
partie d'ici il y a trois jours quand son petit ami a
quitté la place. Mais pas avec lui. Elle est maintenant
dans un hôtel de Clodbury, à une soixantaine de
kilomètres d'ici. Vous ne croyez quand même pas
qu'on l'a laissée filer sans rien faire ? (Hamilton
sourit et jeta un coup d'œil à un papier sur lequel il
gribouillait.) Laissez-moi finir ça et on y va. Si vous
voulez m'accompagner, bien sûr.

*D'accord, tu as gagné. Mais tu ne savais pas
que c'était la femme de Bessell, hein ?*

Tandis qu'il attendait Hamilton, il envisagea la
possibilité que ce soit Rundstedt elle-même qui ait
tué Dillon, mais elle avait un alibi et, outre la parole
de Parrott – désormais mise en doute –, les em-
ployés de l'hôtel avaient confirmé qu'elle avait
passé la nuit avec lui et qu'on l'avait vue aux abords
de l'hôtel aux environs de l'heure du décès de Dillon.
Salter eut une autre idée.

— Avant de partir, faisons un crochet par le Swan,
proposa-t-il.

— Pourquoi ?

— Et apportez la carte postale de Valdottavo.

— Pourquoi ?

— Je vous le dirai en chemin. Vous êtes prêt ?

— OK. Il faut bien que vous vous amusiez un peu !
Cap sur le Swan.

Une fois sur place, Salter demanda à consulter le
registre de l'hôtel ; il regarda les entrées de la semaine
précédente.

—Vous ne trouverez pas trace de Bessell ici, bougre d'idiot! lui lança Hamilton. Churcher n'est peut-être pas futé, mais il est efficace. Il avait déjà vérifié auprès des hôtels quand j'ai pris la direction de l'enquête.

Salter ignora sa remarque.

—Voilà, fit-il.

Il mit le texte de la carte postale en regard du nom de Parrott inscrit sur le registre.

—Ah! s'exclama Hamilton. Mais c'est exactement la même écriture! Ne perdez pas ce registre, aboya-t-il à l'employé. Mettez-le dans le coffre. En fait, j'y pense… (Il s'approcha et arracha la page du livre.) Vous voulez un reçu?

L'employé reprit ses esprits:

—Seule la police peut utiliser ces renseignements, fit-il remarquer.

—Mais c'est moi, la police, mon gars! gronda Hamilton.

—C'est bien ce que je pensais, rétorqua l'employé en désignant le registre saccagé. Qui d'autre aurait fait ça?

◆

Dans la voiture, sur le chemin de Clodbury, Hamilton réfléchissait:

—Si je comprends bien, Rundstedt et votre copain Parrott sont en fait Bessell et Bessell, et ils faisaient chanter Dillon. C'est bien ça?

—Je n'en suis pas encore sûr à cent pour cent. Il se pourrait qu'elle ait été, elle aussi, à la recherche de Bessell. Elle connaissait probablement l'histoire de Dillon et Bessell. Peut-être qu'elle en voulait à son mari. Puis, d'une manière ou d'une autre, elle est tombée sur Dillon qui lui a dit que Bessell avait refait surface. Ou encore mieux, quand Bessell a trouvé Dillon, ce dernier a peut-être pris contact avec Rundstedt.

— Ce ne sont que des suppositions. Pourquoi Dillon serait-il entré en relation avec une femme qu'il n'avait jamais vue ? Simplement pour voir si elle en voulait à son mari ?

— Qu'est-ce que j'en sais ? J'essaie juste de m'adapter. C'est un meurtre à l'anglaise et dans mon pays, on n'en voit pas souvent, de ces affaires intelligentes. La plupart du temps, on a affaire à des trappeurs en folie. Peut-être que Dillon l'a connue au Canada ? Nous ignorons ce qu'il a fait ces trente dernières années.

— Ça suffit, maintenant, Salter. Taisez-vous une minute pour que je puisse penser un peu.

Quelques instants plus tard, Hamilton s'arrêtait devant le Clodbury Arms et montra un homme sur le trottoir d'en face :

— C'est notre gars, là-bas, déclara-t-il d'un air suffisant.

Un barbu blond en sandales lisait *Sporting Life*, debout devant une maison de paris.

Ils allèrent le rejoindre.

— Très intelligent, Simpson, lui lança Hamilton. Mais la prochaine fois que tu iras aux courses, regarde bien autour de toi pour voir combien de parieurs portent des sandales. On dirait un fan de Jésus. Bon. Où est-elle ?

— Au salon de thé, monsieur. Elle y est entrée il y a une vingtaine de minutes. Elle doit avoir fini, maintenant.

— Bien. Vous saurez la reconnaître, Salter ? Parfait.
OK, mon vieux, on prend la relève. Va boire ton
jus de carotte matinal et rendre compte au sergent
Woodiwiss.

Cinq minutes plus tard, Rundstedt apparut sur le
pas de la porte du salon de thé, regarda le ciel pour
voir s'il allait pleuvoir puis descendit High Street
afin de retourner au Clodbury Arms. Les deux policiers attendirent qu'elle fût entrée dans l'hôtel
puis l'y suivirent. Hamilton déclina son identité :

— Je voudrais vous parler, madame Rundstedt,
fit-il en l'entraînant vers le bar qui n'était pas encore
ouvert.

Salter rassura le patron et ferma la porte.

— Bon. À nous, madame Rundstedt. Par où vais-je
commencer ? Par la fin, je crois. Où est Johnny
Bessell ?

La réaction de Rundstedt combla leurs attentes :
elle écarquilla les yeux, devint pâle et tenta de partir
à reculons.

— Asseyez-vous, lui ordonna Hamilton. Vous
aussi, Salter. Ce nom vous est bien familier, n'est-ce
pas ? Johnny Bessell, votre mari. Alors, où est-il ?

Le regard de Rundstedt allait de l'un à l'autre ;
elle ne disait toujours rien.

— Vous êtes bien madame Bessell ? la pressa
Hamilton.

Elle approuva d'un signe de tête.

— Alors, où est votre mari, Johnny ?

— Il est mort. Il s'est noyé dans le lac Ontario il
y a deux ans.

— Non, c'est faux. Il est quelque part dans la
région et il se fait appeler Jeremy Parrott. C'est bien
ça, Salter ? Maintenant, où se cache-t-il ?

Hamilton était devenu effrayant : un vrai maître d'école digne d'un cauchemar d'écolier.

Rundstedt se mit à trembler ; Hamilton la secoua violemment.

— Patron ! hurla-t-il. Faites du thé. Bien fort et bien sucré.

Le remède universel, se dit Salter.

Rundstedt commençait à claquer des dents et Hamilton la secoua de nouveau. Lentement, elle se ressaisit et quand le thé arriva, elle le but avidement.

— Bien, fit Hamilton.

— Je l'ignore, dit enfin Rundstedt. J'ignore où il est.

— Mais il n'est pas mort, n'est-ce pas ?

Elle secoua la tête, les yeux rivés sur Hamilton.

— Non, dit-elle d'une petite voix enfantine.

— Dans ce cas, où est-il ?

— Je n'ai rien à voir avec lui, je vous l'ai dit. Je ne veux plus le voir. Tout ce que je veux, c'est qu'il me laisse tranquille.

Hamilton se réinstalla dans son fauteuil.

— Très bien, madame Bessell. Ça ne vous dérange pas que j'utilise ce nom ? C'est vrai, je sais que vous vous nommez légalement Rundstedt désormais, mais en vous appelant du nom de votre mari, je suis plus apte à penser à ce que vous trafiquez. D'accord ? Bien. Madame Bessell, donc, voudriez-vous avoir l'obligeance de nous expliquer par quelle extraordinaire série de coïncidences vous, votre époux suicidé et son copain de régiment ressuscité vous êtes tous retrouvés à Tokesbury Mallett en même temps, et par quel hasard l'un d'entre vous s'est fait tuer ?

— Je ne sais rien de tout ça. Johnny non plus. Il était avec moi quand ça s'est produit.

—C'est vous qui le dites. Et tout le personnel de l'hôtel confirme que vous avez passé la nuit dans la chambre de votre mari quand Dillon est mort. Vous étiez en train de revivre le bon vieux temps, madame Bessell?

Rundstedt redevint d'une pâleur mortelle et se remit à trembler.

—Ça n'a strictement rien à voir avec nous, d'accord? se défendit-elle avant d'ajouter d'un air de défi: Je baise avec tout le monde, vous n'êtes pas au courant?

Hamilton changea aussitôt d'attitude et adopta un ton bienveillant.

—Je suis désolé de vous avoir offensée, s'excusa-t-il. Mais je veux vraiment savoir comment vous, Bessell et Dillon avez échoué ici. Et sachez que je ne pense pas que vous baisiez avec tout le monde. De plus, je m'en fous. Maintenant, racontez-moi votre version des faits. Que fichez-vous dans le coin? Hum?

Aux yeux de Salter, Hamilton évoquait Wackford Squeers[6] faisant son numéro devant les parents d'un nouvel élève; cela eut l'air de marcher.

—Quelqu'un m'a dit avoir vu Johnny, commença-t-elle. Alors, je suis venue.

Elle retrouvait progressivement son calme. Son audace lui avait redonné de l'énergie. Elle s'assit confortablement et croisa les jambes.

—Qui vous a dit ça? s'enquit Hamilton d'un ton enjôleur.

Elle haussa les épaules.

---

[6] NDLT: Personnage de *Nicholas Nickleby*, roman de Charles Dickens, Wackford Squeers est le cruel directeur d'une école de campagne.

—Je ne sais pas qui c'est. J'ai reçu une carte postée ici. Il y avait juste les mots : « Johnny Bessell est vivant. Il habite à Tokesbury Mallett. »

—On dirait une blague. Pourquoi avez-vous pris ça au sérieux ?

—Parce que je n'ai jamais cru à sa mort, répondit immédiatement Rundstedt. J'ai toujours su qu'il referait surface un jour. Alors, j'ai pris un congé et je suis venue ici.

—Et il était là ? Où l'avez-vous trouvé ?

—Au pub, dès le premier jour.

—Et après ? Continuez.

—Il m'a dit qu'il avait retrouvé Dillon, son copain de l'armée, et qu'il avait de quoi le faire chanter.

—Avec quoi ? Que savait-il sur lui ?

—Je l'ignore. Il m'a dit qu'il le recherchait depuis longtemps, qu'il savait maintenant ce que Dillon avait fait pendant que tout le monde le croyait mort et que Dillon allait payer pour l'avoir abandonné pendant la guerre.

—Il s'apprêtait à le faire chanter ?

—C'est ce qu'il m'a dit. Et il a essayé de m'entraîner là-dedans.

—Essayé ? Vous ne l'avez pas suivi ?

—Non. Ce maudit Johnny Bessell m'a gâché la vie et je n'allais pas entrer dans sa combine. J'ai juste fait semblant, c'est tout.

—Comment, exactement ?

Maintenant que Rundstedt était lancée, Hamilton abandonnait ses manières doucereuses pour rejouer les directeurs d'école.

—Je l'ai doublé. J'ai tout raconté à Dillon.

—Vous avez fait ça tout en feignant de suivre votre mari ?

—Oui. Mon idée, c'était que Dillon pouvait si-muler d'avoir peur puis faire lui-même facilement chanter Johnny, qui était toujours recherché par la police de Toronto, ce qu'il pensait que Dillon ignorait.

—Et vous, qu'est-ce que vous y auriez gagné?

—Rien du tout. Je voulais seulement mettre un terme au petit jeu de Johnny. J'étais sur le point de partir quand Johnny s'est rendu compte que je ne marchais pas avec lui.

—Vous mentez, madame Bessell! Vous aviez prévu faire en sorte que Bessell exerce son chantage sur Dillon, puis récolter l'argent en échange de votre silence sur le faux suicide de Bessell. Un jeu dangereux.

Rundstedt sembla troublée par ces paroles. Puis elle écarquilla les yeux et afficha un air désinvolte.

—Comme vous voulez, lâcha-t-elle. Je n'en veux plus, de cet argent, maintenant. C'est tout ce que j'ai à dire, môssieur.

—Mais alors, qu'est-ce qui a tout fait rater?

—Je l'ignore. Dillon a été tué, non? C'est ce serveur, là, qui a fait ça.

—Et voilà que vous mentez encore, je me trompe? Bessell a tué Dillon et vous a demandé de lui fournir un alibi. Vous le saviez, n'est-ce pas? Bessell a bel et bien tué Dillon.

—Non, c'est faux. Il est resté avec moi toute la nuit. Mais j'ai pris peur, alors je suis venue ici en attendant de prendre mon avion. Mon vol est un charter et il ne décolle pas avant dimanche. Je suis donc venue finir mes vacances ici.

—Bessell a tué Dillon, et vous le savez. Bon, où est Bessell?

Rundstedt éclata en sanglots; cette fois, elle n'était pas hystérique.

— Je l'ignore, gémit-elle. Je ne voulais plus rien savoir de tout ça. Je lui ai dit de me laisser tranquille.

Hamilton revint à la charge plusieurs fois, mais elle campait sur ses positions. Elle répétait que tout ce qu'elle voulait, c'était qu'on lui fiche la paix.

— Très bien, madame Bessell, dit soudain Hamilton. Nous le trouverons. Probablement avant votre départ, d'ailleurs. Et on verra à ce moment-là, d'accord? Je vous souhaite de bonnes vacances.

Il se leva et adressa un signe de tête à Salter.

Et c'est tout? se dit Salter avant de se rappeler que la technique préférée de Hamilton consistait à laisser aux gens la bride sur le cou. *Il fait probablement surveiller ma femme*, songea-t-il.

◆

Les deux policiers se retrouvèrent à l'extérieur; Hamilton se dirigea vers le coin de la rue, où un camion était stationné derrière l'hôtel. Il ouvrit la porte arrière et fit monter Salter devant lui. À l'intérieur, un jeune homme en bleu de travail était en train d'écouter, un casque sur les oreilles. Hamilton hocha la tête à son adresse et s'assit sur un banc latéral en laissant suffisamment de place pour que Salter s'installât à côté de lui.

— Alors, fit Hamilton, à quel moment a-t-elle menti, à votre avis?

— Elle couvre Bessell, supposa Salter. Elle est partie parce qu'elle savait que Bessell avait tué Dillon.

—Bien. Et pour le reste? Que pensez-vous de ces foutaises de double chantage?

—Il y a deux choses qui me dérangent là-dedans : pourquoi Bessell faisait-il chanter Dillon alors qu'ils avaient été si copains pendant la guerre? (Il raconta à Hamilton ce qu'il avait appris en Italie de l'amitié entre Dillon et Bessel.) Et comment Bessell a-t-il amené Rundstedt à coopérer avec lui?

—Nous ne savons pas ce qui s'est finalement passé en Toscane en 1944, exact? Rundstedt a affirmé que Dillon avait trahi Bessell. Il va falloir qu'on attende avant de connaître le fin mot de l'histoire. Et pour ce qui est du deuxième point, Bessell a apparemment convaincu sa femme qu'ils pouvaient soutirer de l'argent à Dillon. Ça, c'était avant qu'elle ne se rende compte qu'elle pouvait obtenir de l'argent tout en ayant sa revanche.

Chaque fois qu'il prononçait le nom de l'un des protagonistes, Hamilton marquait un arrêt, comme s'il devait constamment se rappeler de qui il était en train de parler.

Salter restait dubitatif. Le technicien les interrompit :

—La voilà, monsieur, annonça-t-il.

Il effleura un commutateur; dans les haut-parleurs, ils entendirent la voix de Rundstedt. Elle était au téléphone et demandait à parler à Arnold Burton. Une voix masculine répondit :

—Ici Burton.

—Ils sont venus ici, annonça madame Rundstedt sans préambule. Je leur ai raconté ce qu'on avait dit, mais je ne crois pas qu'ils m'aient crue. Quand je leur ai dit que je ne savais pas où tu étais, je veux dire. Ils vont revenir, je le sens.

—C'est bon, calme-toi. Tu leur as bien raconté ce dont nous avions convenu ? Mot pour mot ?

—Oui, je t'assure. Mais ils savent que c'est toi qui as tué Dillon. S'ils reviennent, je sens que je vais faire un lapsus, je sais que je vais commettre une erreur. J'ai peur. Je ne veux plus être mêlée à tout ça. Je m'en vais. Comment ont-ils su où j'étais ?

—Je te l'ai dit, ils me recherchent. Tout le village grouille de flics. Tout ce que tu as à faire, c'est de la boucler et de continuer à leur raconter ce que je t'ai dit. On ne me trouvera pas si tu fais comme j'ai dit. Ils ne savent même pas qui rechercher, alors ne t'inquiète pas.

—Je n'en peux plus ! S'ils reviennent, je vais m'effondrer, je le sais. Je pars.

Une longue pause s'ensuivit. Puis :

—Tu veux qu'on se voie ?

—Oui, j'aimerais. Dis-moi ce que je dois faire. L'un des policiers est vraiment terrible. Je suis complice, maintenant. C'est injuste ! Tout ce que je voulais, c'était me venger !

—Où es-tu en ce moment ?

—À l'hôtel.

—Putain de bordel ! OK, retrouve-moi à côté de la haie, là où je t'ai indiqué. Ne dis plus rien au téléphone.

—Quand ?

—Pars tout de suite. Ils vont probablement te suivre, mais pas de panique. Fais comme je t'ai dit.

Il raccrocha.

—Bien, bien, bien, fit Hamilton quand ils furent de nouveau dans la rue. Je pense qu'elle a partiellement dit la vérité, pas vous ? Qu'importe. On la suivra partout où elle ira. Sur ce point, il a raison.

On l'attrapera, tôt ou tard. Je me demande où est cette fameuse haie... Il prend des noms intéressants, Bessell, Parrott, Burton... J'imagine qu'il en change chaque fois qu'il déménage. C'était bien Parrott, je suppose ? Votre copain du champ de courses ? Le truc, c'est que si on ne lui met pas la main dessus maintenant, on ne l'aura sans doute jamais. Il a bigrement raison, là encore : nous ne savons même pas qui nous cherchons et ce sera un foutu boulot de retrouver sa trace.

— Qu'est-ce que vous racontez ? Vous recherchez un type qui s'appelle Johnny Bessell. Vous avez son signalement. Seigneur ! Vous pouvez même demander sa photo et ses empreintes digitales à Toronto. Vous pourriez attendre qu'il se pointe dans un aéroport, mais vous finirez par l'avoir !

Pour la première fois, Hamilton perdit contenance. Si l'idée même n'avait pas été absurde, Salter aurait pu penser que Hamilton avait rougi.

— Bon, bon, bon, fit Hamilton. Bon, bon, je me désespère trop vite. On l'aura. En avant !

Il conduisit Salter vers une voiture garée en face du stationnement de l'hôtel, dans laquelle deux jeunes policiers attendaient. Il se pencha et donna des instructions au chauffeur. Ce dernier hocha la tête ; Hamilton emmena Salter faire une petite promenade dans la rue principale.

— On va attendre quelques minutes, d'accord ? On va voir si ça bouge tout de suite.

Rundstedt sortit presque aussitôt de l'hôtel. Elle s'engouffra dans une auto stationnée dans le parking de l'hôtel et démarra, suivie par la voiture de police dûment mandatée par Hamilton.

— Nous allons suivre le mouvement dans quelques minutes. Pas de précipitation. Dès que mes hommes auront Bessell en vue, ils sauront comment agir. On va boire un verre ?

Il montra le Clodbury Arms ; les deux hommes allèrent s'installer au bar, où Hamilton commanda deux bières.

— Vous êtes bien silencieux, Salter. Vous êtes plongé dans vos pensées ?

Le bref moment de gêne éprouvé par Hamilton avait fait exploser une bombe minuscule dans la tête de Salter. Rendu à la moitié de sa bière, il avait compris l'enchaînement des événements.

— Je me disais que je ferais mieux de téléphoner à ma femme, répondit-il enfin. J'ai le temps ?

— Certainement. Je pense qu'on peut leur donner encore dix minutes. Il y a une cabine téléphonique dans le hall de l'hôtel.

— Celle qui est sur écoute ? demanda Salter.

Hamilton se mit à rire.

— J'ai renvoyé mon gars chez lui, fit-il. Je dois compter chaque penny de mon budget.

Salter eut vite fait de joindre Gatenby à Toronto ; il voulait que son sergent lui répète l'histoire du suicide de Bessell et lui donne un signalement complet de l'homme qu'ils poursuivaient. Puis il appela le poste de police de Tokesbury Mallett et demanda au sergent de lui lire certains détails du rapport du médecin légiste. *Espèce d'enfoiré*, dit-il mentalement à Hamilton. *Et dire que tu sais déjà tout ça !*

Au moment où il raccrochait, Hamilton tapait sur la vitre de la cabine téléphonique en lui faisant signe de sortir.

— Que se passe-t-il?

— On l'a déjà perdue, grogna Hamilton.

— Comment est-ce possible?

— Les gars sont coincés derrière un putain de camion à Cranstone, un village voisin. Le camion est resté pris dans le virage et il bouche la route. Elle n'a même pas eu à essayer de les semer. Nom de Dieu! Attendez une minute.

Il retourna à sa voiture dans laquelle il s'empara du micro de la radio.

— Allô, allô, allô, ici Hamilton, beugla-t-il.

— La suspecte a disparu, monsieur. Nous avons lancé un avis de recherche.

— Espèces de trou de cul! hurla le surintendant avant de reposer le micro.

Il se retourna vers Salter.

— Elle a une bonne avance sur nous. Seigneur! Maintenant, il faudra sans doute attendre qu'elle revienne pour la secouer un peu. Ah, ces maudits crétins! Et dire qu'il paraît que ce sont nos meilleurs hommes pour ce genre de conneries!

Salter parcourait son calendrier.

— Une minute, fit-il. Puisqu'on est là à attendre, on n'a qu'à faire un saut à Harcourt Banbury. Ce n'est pas très loin d'ici, non?

— Et pour quoi faire, nom de Dieu? Les boutiques?

Salter le lui expliqua; Hamilton l'écouta attentivement.

— Donnez-moi ce calendrier.

Salter lui tendit son calendrier des courses, que Hamilton étudia consciencieusement pendant quelques instants.

— Parfait, fit-il. C'est la seule réunion de courses d'obstacles qu'elle puisse rallier en moins de trois heures. C'est à environ une heure et demie d'ici. Ça vaut le coup d'essayer, et ce sera toujours plus intéressant que de rester ici à vous tenir la main. On va aller se garer près de la première haie et voir si on récolte quelque chose. Attendez une minute.

Il s'empara de nouveau de la radio, donna quelques ordres aux hommes qu'il souhaitait avoir sur le coup, leur expliqua ce qu'il attendait d'eux.

— Bravo, Salter, reprit Hamilton. En tout cas, si ça marche… Vous avez encore d'autres idées brillantes comme ça dans votre manche ?

— Oui, rétorqua Salter. Mais prenons les choses une à la fois, OK ?

◆

Cette journée-là, on s'attendait à la foule des grands jours, en raison de la tenue d'une course prestigieuse, la William Hunter Gold Cup Steeplechase, commanditée par la brasserie préférée du Plough. Mais l'affluence à Harcourt Banbury n'était en rien comparable à celle du Derby d'Epsom, aussi la stratégie de Hamilton semblait-elle infaillible. Il avait placé une demi-douzaine d'hommes dans le secteur où Salter pensait que Rundstedt et Bessell se retrouveraient, dans le parcours, près de la première haie. À l'entrée, deux autres gars contrôlaient la file de voitures qui se rendaient au champ de courses. L'imperméable vert de Rundstedt la rendait facilement repérable.

Harcourt Banbury ne comptait qu'une seule tribune mais, peu après la ligne d'arrivée, une petite bâtisse qui abritait un bar et un comptoir à sandwiches avait un toit plat sur lequel une quarantaine de spectateurs

pouvaient regarder les courses ; ce fut là que Salter et
Hamilton s'installèrent pour attendre, armés de
jumelles que Hamilton avait réquisitionnées auprès
d'un employé du champ de courses. Une douzaine
d'autres hommes étaient postés autour du parcours,
leurs lunettes d'approche braquées sur Hamilton.

Le signal fut donné quinze minutes avant le début
de la première course. Hamilton avait aperçu un
gant blanc qui tournoyait lentement dans les airs.

—Elle est là ! s'écria-t-il. Attendez une minute,
je vais voir si je peux repérer la voiture.

Au loin, la file de voitures qui roulaient au pas se
divisait en deux ; une partie des véhicules se dé-
tachait pour aller se stationner près des tourniquets
et les autres continuaient vers le fossé du parcours.

—La voilà ! fit Hamilton. La troisième voiture
avant le portail.

Salter repéra la voiture dans ses jumelles au
moment où la conductrice payait son entrée avant
de traverser la piste ; il la suivit tandis qu'elle con-
tournait la bâtisse délabrée du bar, au centre de la
pelouse, avant de réapparaître près de la première
haie. Rundstedt restait assise dans son auto, sans
même faire mine de sortir rejoindre la foule. Par
contre, aucun signe de Bessell.

Trois courses furent courues, dont la plus importante. Sur le toit, Hamilton et Salter mangèrent
des sandwiches au fromage en buvant dans une
tasse en carton ce qui se voulait du café. Pour passer
le temps, ils s'amusèrent à faire de petits paris sur
les premières courses.

Soudain, Hamilton demanda :

—C'est notre homme, là ?

Salter dirigea ses jumelles vers Rundstedt : elle
se tenait debout près de sa voiture et parlait à celui

que Salter connaissait sous le nom de Parrott.

—C'est lui, confirma Salter.

—Johnny Bessell, nous voilà! déclara Hamilton en rangeant ses jumelles dans l'une de ses poches géantes.

—Non, ce n'est pas Bessell, dit alors Salter, les jumelles toujours pointées sur le couple.

Il se sentait comme Alec Guinness dans l'épisode quatre.

—C'est Cossitt, poursuivit-il.

Hamilton reprit ses jumelles et regarda de nouveau le couple :

—Ce n'est pas le gars avec qui vous êtes allé aux courses ? s'enquit-il.

—Oui, c'est bien lui. Mais ce n'est pas Johnny Bessell. Il s'appelle Cossitt, Michael Cossitt.

—Et qui diable est donc ce Michael Cossitt ? demanda Hamilton sur un ton engageant.

—C'est l'ex-associé de Bessell à Toronto. Il a fait quelques années de prison. Bessell l'a roulé.

Les haut-parleurs annoncèrent les participants à la quatrième course. Hamilton attendit que le brouhaha cessât avant de demander :

—Pourquoi est-ce que l'ancien associé de Bessell aurait tué le copain de guerre de Bessell ? Vous le savez, n'est-ce pas ? C'est l'heure de gloire de Salter, on dirait…

—Il n'a pas tué le copain de guerre de Bessell, mais Bessell lui-même, son ex-partenaire d'affaires.

—Bessell. Pas Dillon, mais Bessell.

—Oui. Vous pouvez vérifier avec la morgue : vous verrez qu'il a une vieille cicatrice de brûlure sur l'avant-bras gauche.

Hamilton hocha la tête à plusieurs reprises.

— Bien, bien, bien, fit-il. Et qu'est-ce qui a causé cette cicatrice ?

— Je l'ignore, mais c'est grâce à elle qu'on peut l'identifier.

— Et où se trouve donc le mystérieux Dillon ?

— Je ne sais pas. Je n'ai pas encore résolu cette partie de l'énigme.

— Bien. Je suis heureux que vous m'en ayez laissé un peu. Bon, allons-y.

Ils descendirent du toit et se dirigèrent vers le fossé où ils pourraient traverser la piste et rejoindre Rundstedt et son compagnon dans le parcours.

« Cavaliers, en selle ! » ordonnèrent les haut-parleurs.

Une onde d'agitation parcourut l'assistance, qui n'avait plus que cinq minutes pour miser.

Hamilton et Salter franchirent la clôture au milieu d'un petit groupe et s'arrêtèrent dans le virage.

— Donc, nous avons là madame Bessell et un certain…

— Cossitt.

— Cossitt, donc. Ces deux-là se vengent ou exercent un chantage sur Bessell, qui se faisait passer pour Dillon ? C'est bien ça ? C'est un maudit imposteur, c'est ça ?

— C'est ce que je pense.

« Cavaliers, aux ordres du starter !… » crachèrent les haut-parleurs, puis : « Ça y est, ils sont partis ! »

Une fois encore, Salter fut frappé par le calme du départ de la course d'obstacles, qui n'avait rien à voir avec l'excitation d'une course sur terrain plat. La première charge de cavalerie dévala la colline et franchit la première haie juste devant Rundstedt et son compagnon. L'annonceur poursuivit son commentaire d'une voix égale tandis que les chevaux disparaissaient dans le virage pour commencer le premier circuit dans la campagne.

—Mais vous ne savez donc pas où est Dillon? répéta Hamilton.

—Non.

—Moi, je le sais. Il est enterré dans les collines de Toscane où il est mort en 1944.

—Où avez-vous trouvé ça? demanda Salter après une très longue pause.

Espèce de salaud, ajouta-t-il mentalement.

—Ce n'est pas encore confirmé; vous pouvez donc appeler ça une intuition. Question suivante?

—Très bien. Quand avez-vous su que Dillon était en fait Bessell?

—Oh, je le sais presque depuis le début. Nous avons comparé le rapport du médecin légiste avec les dossiers de l'armée. Et le frère de Bessell a confirmé que sa mère l'avait ébouillanté en égouttant du chou quand il était enfant.

—Et vous avez gardé tout ça pour vous juste pour faire durer le plaisir et vous foutre de ma gueule?

« Un cavalier a fait une chute dans la douve ! » annoncèrent les haut-parleurs.

—Eh, ne vous donnez pas trop d'importance, mon vieux. J'aurais pu boucler l'affaire il y a un moment, mais je n'avais pas encore mis la main sur Cossitt. Je ne savais pas qui c'était jusqu'à ce que vous me le disiez tout à l'heure. Je croyais que c'était une sorte de brute engagée par madame Bessell. En plus, j'ignorais où il se trouvait; il fallait donc que j'attende qu'elle me conduise à lui. En attendant, pour passer le temps, je vous observais. Allez, on y va.

« Les chevaux arrivent dans la ligne droite pour commencer le deuxième et dernier circuit. Filthy Temper est en tête, suivi dans l'ordre par Colonial Boy et Inside Story. Arrivent ensuite… »

S'ensuivit la liste des autres chevaux dans leur ordre d'apparition.

Une rangée d'hommes en costume de ville avait les jumelles braquées sur Hamilton ; ce dernier avançait le long de la clôture en agitant les bras. Quand ils arrivèrent à moins de dix mètres, les chevaux de tête les dépassèrent puis sautèrent la haie. À ce moment-là, Rundstedt regarda autour d'elle et vit Hamilton et Salter qui fonçaient vers elle. Alarmée, elle se mit à crier et à s'enfuir en longeant la clôture. Cossitt jeta un coup d'œil circulaire et vit le cordon de police ; il entreprit donc de la suivre tandis que les policiers trottinaient pour les devancer. Salter piqua un sprint, mais il arriva trop tard pour empêcher Cossitt de plonger sous la clôture et de traverser la piste juste devant la haie. Une clameur s'éleva dans la foule : savourant sa liberté, un cheval sans cavalier franchit la haie d'un bond gracieux. Du sabot antérieur droit, il heurta Cossitt puis lui tomba dessus ; sous le poids, l'infortuné fugitif se trouva enfoncé dans la pelouse.

◆

Toutes les courses suivantes furent annulées, « en raison d'un malheureux accident ». Hamilton avait pris les choses en main : il avait renvoyé ses hommes et aidé les secouristes à mettre le corps de Cossitt dans l'ambulance. Dans la foule, une ou deux personnes avaient senti qu'il se passait quelque chose de plus grave qu'un accident, mais cette impression fut rapidement dissoute dans l'empressement que les organisateurs manifestèrent à faire rentrer tout le monde chez soi. Madame Bessell avait été rattrapée et placée en garde à vue. Sur la suggestion du surintendant, Hamilton et Salter entrèrent dans le bar jusqu'à ce que toute la foule fût dispersée.

— D'une certaine façon, c'est une sale histoire. D'un autre côté, pas tout à fait, conclut Hamilton. En tout cas, ça épargnera à la Reine les frais d'un procès.

— Et elle, que va-t-il lui arriver? demanda Salter.

— Je n'en suis pas encore sûr. Elle est complice, c'est certain, mais peut-être contre son gré. Si elle coopère pleinement, ça lui facilitera grandement les choses. Bon, allons bavarder un peu avec elle.

Il ouvrit la marche vers le bureau de l'employé du champ de courses où deux agents en uniforme surveillaient Rundstedt en silence.

Sans préambule, Hamilton lui exposa sèchement tout ce que la police savait et lui expliqua qu'il pourrait lui être salutaire de fournir les renseignements manquants.

Les dires de la femme confirmèrent que Hamilton et Salter avaient raison pour l'essentiel et que l'histoire qu'elle leur avait racontée à l'hôtel avait été inventée par Cossitt.

— Il savait que nous étions à sa poursuite, n'est-ce pas?

— Oui, il était conscient que vous le rechercheriez tôt ou tard. C'est là qu'il a commis une grosse erreur. Il était persuadé que vous arriveriez jusqu'à Johnny Bessell et que vous ne tarderiez pas à savoir qui rechercher. Après ça, il a compris qu'il ne pourrait plus faire illusion. Surtout devant lui, ajouta-t-elle en désignant Salter d'un mouvement de tête.

—C'était quoi, alors, sa grosse erreur ?

—Utiliser le nom de Johnny, dans le registre de l'hôtel et sur la carte postale. Il pensait que c'était futé de préparer le terrain auprès de Johnny en l'effrayant un peu avec son propre nom.

—Comment avait-il su que Bessell était vivant et qu'il habitait ici ?

—Nous l'avons découvert tous les deux. Quand Michael est sorti de prison, il est revenu me voir et nous avons réfléchi là-dessus. Il connaissait l'histoire de Johnny et de son copain, Terry Dillon...

—Dillon est bien mort en Toscane ? l'interrompit Hamilton en regardant Salter.

—Ouais. C'est Johnny qui l'a enterré. C'était son meilleur ami et Johnny a décidé de tenir ses engagements envers lui. Il gardait ses insignes et son livret de solde dans un tiroir de son bureau, à la maison. Il n'a jamais raconté à l'armée ce qui s'était passé parce qu'il voulait que Terry reste dans la tombe qu'il lui avait creusée. Quand Michael est sorti de prison, nous avons passé beaucoup de temps à essayer de trouver où Johnny avait bien pu partir. Ni lui ni moi n'avions cru à cette histoire de noyade. Et puis, quand j'ai dit à Michael que les insignes et le livret de solde avaient disparu – en fait, c'étaient les seuls objets qui manquaient –, il a compris ce que Johnny avait fait. Il est donc allé en Italie. Là-bas, il a découvert qu'un certain Dillon avait refait surface et après, ça a été facile.

—Vous n'avez pas parlé à la police des insignes et du livret de solde ?

—Non. En fait, je ne m'étais même pas rendu compte qu'ils avaient disparu avant que Michael ne me tanne pour que je me rappelle un détail qui pourrait nous aider.

—Et alors, Cossitt et vous avez décidé de faire chanter votre mari.

—Appelez ça comme vous voudrez, cher monsieur. Johnny nous avait bien eus, Michael et moi, non ?

—Pourquoi ?

Madame Bessell rougit violemment.

—Parce qu'il nous avait surpris trois ans auparavant.

—Au lit ?

Elle haussa les épaules.

—Johnny était du genre fidèle. Il n'avait jamais regardé une autre femme, à ce qu'il me disait, et il ne supportait pas que les gens baisent à droite et à gauche.

—Donc, Cossitt vous a fait venir ici pour que vous jouiez le rôle de messagère ?

—Ouais.

—Mais Bessell n'a rien voulu savoir, alors Cossitt l'a tué ?

—Je ne sais rien là-dessus. Michael m'a dit qu'ils s'étaient disputés. Johnny avait dit qu'il nous donnerait dix mille livres pour permettre à Michael de reprendre un bon départ, mais que si nous essayions de lui en soutirer plus, il irait porter plainte à la police, quitte à en subir les conséquences. Même s'il devait aller en prison, sa femme l'attendrait, disait-il. Elle comptait plus que tout à ses yeux. Il aurait tout mis à son nom. D'après lui, il pouvait encore prouver qu'il n'avait pas touché un sou de l'argent à cause duquel Michael avait fait de la prison. À mon avis, Michael l'a menacé et Johnny a alors sorti un couteau. Si Michael ne sait pas se battre, il a quand même appris quelques trucs en prison. Oh, il a tué Johnny, ça ne fait aucun doute, mais je ne crois pas que c'était son intention.

Satisfait, Hamilton s'appuya contre le dossier de sa chaise ; il haussa les sourcils en direction de Salter. Ce dernier accepta l'invitation tacite et demanda :

— Quand votre mari vous a surprise avec Cossitt, il y a trois ans, est-ce à ce moment-là qu'il a décidé de disparaître et de laisser Cossitt porter le chapeau ?

— Oui. Je n'en ai rien su à l'époque, bien sûr. Tout ce que je savais, c'est que ce salaud ne coucherait plus avec moi, mais qu'il ne me quitterait pas non plus. Jusqu'à ce que la mort nous sépare, voilà ce qu'il disait. À la fin, on vivait sous le même toit et je menais ma vie de mon côté. Il est revenu pour la première fois en Angleterre juste après nous avoir surpris. En vacances, qu'il prétendait. Mais il s'est fait passer pour Dillon qui demandait une amnistie. Il a dit aux autorités qu'il avait vécu dans la clandestinité pendant trente-cinq ans mais qu'il voulait désormais vivre comme un honnête citoyen. Il a obtenu son amnistie et tous les papiers lui permettant de prendre l'identité de Dillon, dont un passeport. Il est revenu à Toronto et il a passé un an à monter un coup pour compromettre Michael. Après ça, il a disparu. J'étais ruinée. Il avait résilié toutes les assurances et pris une énorme hypothèque sur la maison pour investir dans son entreprise, d'après ce qu'il avait affirmé à la banque, mais son entreprise n'en a jamais vu la couleur. Il a laissé suffisamment d'argent à la banque pour que son histoire de suicide soit crédible. Ils ont tout saisi pour payer les créanciers de la société.

— Quand vous a-t-il avoué tout ça ?

— À Boomewood, quand il est venu me voir dans ma chambre. Il avait sans doute déjà décidé qu'il ne marcherait pas dans la combine de Michael et je lui ai dit que j'allais tout raconter à la police. Mais il m'a répondu que ce n'était même pas la peine d'essayer, parce qu'il avait des enregistrements sonores qui prouveraient que nous avions tenté de le faire chanter. Les avez-vous trouvés ?

Hamilton ignora la question.

— Vous avez fini, Salter ? demanda-t-il.

Les deux hommes se levèrent.

— Ramenez-la au quartier général et dites au gars, là-bas, de m'attendre, ordonna Hamilton aux deux agents. Vous trouverez mon sergent en bas. Il ira avec l'un de vous deux.

◆

Hamilton et Salter se dirigèrent en silence vers le stationnement ; ils digéraient le récit de Rundstedt.

— Je vous dépose au Plough ? proposa Hamilton une fois qu'ils furent à la voiture.

Salter se retrouva brutalement plongé dans le monde d'un couple en vacances.

— Quelle heure est-il ? demanda-t-il. Vous voudriez bien me déposer à la cabine téléphonique la plus proche ?

— Ils sont en train de déjeuner, en ce moment, à Toronto, observa Hamilton. Vous feriez mieux d'attendre d'être de retour à l'hôtel.

Il éclata de rire.

— Non, je veux appeler ma femme. Elle est toujours en vacances quelque part dans le coin…

Quand il revint après avoir téléphoné, il annonça :

— Il faut que je sois à Stratford avant six heures. C'est faisable ?

Hamilton réfléchit.

— C'est juste, mais je vais vous y conduire. Quelle pièce allez-vous voir ?

— Quelle importance ? répondit Salter. Si ce n'est pas *Macbeth*, ça sera inédit pour moi.

Pendant le trajet, Hamilton se mit à renifler. Salter le regarda avec surprise : le surintendant gloussait.

— J'ai gagné, je pense, dit-il.

— Foutaises ! Sans moi, vous n'auriez jamais été au champ de courses, objecta Salter.

— C'est exact, admit Hamilton. Vous marquez un point.

— Et c'est moi qui ai trouvé qui était Rundstedt, rappelez-vous.

— Encore exact. On l'aurait eue tôt ou tard, cependant. Grâce à la déposition du branleur. C'était plutôt évident qu'elle était impliquée, sauf aux yeux de Churcher. Partant de là, on pouvait se poser des questions sur le copain avec qui elle s'était envoyée en l'air au Swan. Mon seul problème, c'était de le trouver, lui ; il fallait donc que je découvre un moyen de la faire bouger. Après, je n'avais plus qu'à attendre. Vous nous avez fait gagner du temps sur ce coup-là.

— Si l'on tient compte du fait que je jouais à mains nues face à dix gars armés de raquettes surdimensionnées…, commença Salter.

Hamilton l'interrompit dans un éclat de rire :

— Ne vous fâchez pas, mon vieux ! Bon, où il est, votre restaurant ?

Salter le lui indiqua.

— Vous n'êtes pas encore sortis du bois, ajouta-t-il. Si Rundstedt revient de nouveau sur sa déclaration et donne un alibi à Cossitt, juste pour vous emmerder – ils sont comment, les avocats, à Tokesbury Mallett ? –, ça pourrait vous occuper encore un bon moment.

C'était tout ce que Salter avait trouvé pour rabattre le caquet de Hamilton.

— On verra, fit ce dernier. On verra.

◆

Pendant le dîner, Salter raconta à Annie le dernier chapitre de l'histoire.

— Belle synchronisation, Charlie, observa-t-elle.

— Comment ça ?

— Tu n'as pas remarqué ? Le soleil a fini par percer.

Elle avait raison. Quand ils quittèrent le restaurant, ils se retrouvèrent dans une magnifique soirée de printemps. Le long du chemin de halage, les bancs avaient l'air assez secs pour qu'ils pussent s'y asseoir. Le monde s'était retransformé en brochure de voyage.

Ce soir-là, en comptant son argent, Salter tomba sur son bordereau de pari gagnant sur Montague Road ; il ne pouvait hélas plus encaisser son gain.

— J'aurai encore une petite visite à faire quand on traversera le village demain, annonça-t-il.

— Au poste de police, je suppose. Entendu. Mais tu feras vite.

Elle s'étira voluptueusement sous les couvertures.

— Maintenant, viens te coucher, l'invita-t-elle.

◆

Le lendemain matin, le soleil était toujours aussi radieux, aussi se hâtèrent-ils de prendre la route.

Salter trouva le sergent Robey au comptoir.

— Pourquoi ? En tout cas, merci beaucoup, monsieur, dit-il quand Salter lui tendit le bordereau de pari. Je vais mettre l'argent dans notre caisse réservée aux loisirs. Au fait, monsieur, le surintendant a laissé un message pour vous, au cas où vous passeriez. (Il s'empara d'une feuille et commença à lire :) « Nous n'avons trouvé aucune cassette mais, par contre, il y avait un couteau de commando dans la voiture du défunt Cossitt. On dirait qu'il avait des projets pour Rundstedt... Elle en convient et elle est très coopérative. »

Salter se mit à rire.

— Transmettez-lui un message, voulez-vous ? Dites-lui de ma part que j'ai enrichi mon vocabulaire à son contact et que je pense que c'est un maudit salopard de chanceux, d'accord ?

— Je lui répète ça dans ces termes, monsieur ?

— Exactement comme je vous l'ai dit, sergent.

— Vous accepterez peut-être de l'écrire vous-même ? insista Robey.

Salter inscrivit le message sur une feuille de papier et observa le sergent qui le plaçait précautionneusement dans une enveloppe scellée.

— Je veillerai à ce qu'il lui parvienne, monsieur. Au fait, monsieur, je voulais vous dire, pour votre visite à Londres... je ne faisais que mon devoir, vous savez. Le surintendant insiste beaucoup là-dessus.

—Oh, je comprends parfaitement, sergent. Mais sans votre intervention, j'aurais pu faire une petite surprise à votre surintendant. Qui sait, j'aurais peut-être gagné la partie !

—Oh, je ne crois pas, monsieur. Pas contre le surintendant. Il est vraiment très fort à ce jeu-là.

◆

—Ça a été rapide, observa Annie.

—Je voulais seulement transmettre mes salutations à Churcher, mentit-il. Au fait, c'était comment, le déjeuner avec madame Churcher ?

—Très bien, Charlie. Vraiment agréable. C'est une remarquable cuisinière. Est-ce que Churcher t'a dit qu'il pensait venir te rendre visite à Toronto ?

Pour la première fois depuis leur arrivée en Angleterre, Salter oublia où il était et prit le virage en roulant à droite. Il se ressaisit immédiatement et franchit de nouveau la ligne médiane pour éviter de se retrouver nez à nez avec un autre véhicule.

—Me rendre visite ? cria-t-il. Comment ça ?

—Il prend une semaine de congé et sa femme veut aller voir sa mère. Il songe donc à venir à Toronto. J'ai dit à sa femme que tu serais ravi de le promener et de lui expliquer vos procédures. Hamilton est d'accord, apparemment. Je leur ai proposé de loger chez nous.

—Quand ça ? Mais quand ça ? balbutia Salter.

Annie se mit à rire doucement.

—Pas de panique, Charlie. Comme disait Angus quand il était à l'école maternelle, « je te plaisante juste ». Maintenant, écoute-moi. J'ai étudié les guides touristiques. De l'autre côté de la région des lacs, il y a un petit village du nom de Cartmel. Wordsworth en a évoqué l'abbaye dans *Le Prélude*. J'aimerais y aller.

—Génial. Peut-être qu'on va y rencontrer le «vieux marin» de son copain Coleridge.

N'importe où ferait l'affaire, du moment que le soleil brille et que les pubs sont ouverts, ajouta-t-il *in petto*.

Annie gloussa.

—Il court probablement dans la cinquième, fit-elle.

—Hein?

—Il y a des courses à Cartmel samedi et dimanche prochains. On y arrivera juste à temps. On peut visiter l'abbaye dans la matinée et aller aux courses l'après-midi.

—Seigneur! s'exclama Salter. Tout ça m'a l'air parfait. Maintenant, il ne nous reste plus qu'à dénicher un Tweedledum pour y passer la nuit.

ERIC WRIGHT...

... est l'un des auteurs de fiction policière les plus honorés au Canada puisqu'il a, notamment, été quatre fois lauréat du prix Arthur-Ellis. En 1984, il a gagné avec son premier roman mettant en scène Charlie Salter, *La Nuit de toutes les chances*; il a récidivé deux ans plus tard avec *Une mort en Angleterre*. Il a aussi mérité le prix dans la catégorie nouvelle pour « À la recherche d'un homme honnête » (1988) et « Un tiens vaut mieux que deux tu l'auras » (1992). Outre les toujours populaires aventures de Charlie Salter, Eric Wright tient la chronique des aventures d'une détective, Lucy Trimple Brenner, et d'un policier à la retraite de Toronto, Mel Pickett. Eric Wright, qui est né en 1929, a publié en 1999 un volume de mémoires intitulé *Always Give a Penny to a Blind Man*.

EXTRAIT DU CATALOGUE

ALIRE

Collection « Romans » / Collection « Nouvelles »

001	*Blunt – Les Treize Derniers Jours*	Jean-Jacques Pelletier
002	*Aboli* (Les Chroniques infernales)	Esther Rochon
003	*Les Rêves de la Mer* (Tyranaël -1)	Élisabeth Vonarburg
004	*Le Jeu de la Perfection* (Tyranaël -2)	Élisabeth Vonarburg
005	*Mon frère l'Ombre* (Tyranaël -3)	Élisabeth Vonarburg
006	*La Peau blanche*	Joël Champetier
007	*Ouverture* (Les Chroniques infernales)	Esther Rochon
008	*Lames soeurs*	Robert Malacci
009	*SS-GB*	Len Deighton
010	*L'Autre Rivage* (Tyranaël -4)	Élisabeth Vonarburg
011	*Nelle de Vilvèq* (Le Sable et l'Acier -1)	Francine Pelletier
012	*La Mer allée avec le soleil* (Tyranaël -5)	Élisabeth Vonarburg
013	*Le Rêveur dans la Citadelle*	Esther Rochon
014	*Secrets* (Les Chroniques infernales)	Esther Rochon
015	*Sur le seuil*	Patrick Senécal
016	*Samiva de Frée* (Le Sable et l'Acier -2)	Francine Pelletier
017	*Le Silence de la Cité*	Élisabeth Vonarburg
018	*Tigane -1*	Guy Gavriel Kay
019	*Tigane -2*	Guy Gavriel Kay
020	*Issabel de Qohosaten* (Le Sable et l'Acier -3)	Francine Pelletier
021	*La Chair disparue* (Les Gestionnaires de l'apocalypse -1)	Jean-Jacques Pelletier
022	*L'Archipel noir*	Esther Rochon
023	*Or* (Les Chroniques infernales)	Esther Rochon
024	*Les Lions d'Al-Rassan*	Guy Gavriel Kay
025	*La Taupe et le Dragon*	Joël Champetier
026	*Chronoreg*	Daniel Sernine
027	*Chroniques du Pays des Mères*	Élisabeth Vonarburg
028	*L'Aile du papillon*	Joël Champetier
029	*Le Livre des Chevaliers*	Yves Meynard
030	*Ad nauseam*	Robert Malacci
031	*L'Homme trafiqué* (Les Débuts de F)	Jean-Jacques Pelletier
032	*Sorbier* (Les Chroniques infernales)	Esther Rochon
033	*L'Ange écarlate* (Les Cités intérieures -1)	Natasha Beaulieu
034	*Nébulosité croissante en fin de journée*	Jacques Côté
035	*La Voix sur la montagne*	Maxime Houde
036	*Le Chromosome Y*	Leona Gom
037	(N) *La Maison au bord de la mer*	Élisabeth Vonarburg
038	*Firestorm*	Luc Durocher
039	*Aliss*	Patrick Senécal